Miriam Mann

Ellas federleicht-verhexte Zukunft

Boje

Dieser Titel ist auch als E-Book erschienen.

FSC
www.fsc.org
MIX
Papier aus verantwortungsvollen Quellen
FSC® C014496

Originalausgabe

Umschlagillustration und Vignetten: Dagmar Henze, Hamburg
Satz: Judith Knabe, Köln
Gesetzt aus der Minion Pro
Druck und Einband: GGP Media GmbH, Pößneck

Printed in Germany
ISBN 978-3-414- 82604-6

5 4 3 2 1

Sie finden uns im Internet unter boje-verlag.de

Für meine Tochter

Die Vergangenheit und die Zukunft sind eins.
– Inschrift auf dem Foto –

Kapitel 1

»Ich glaub, mich tritt ein Pferd!«

Vor Schreck biss ich den Bleistift, auf dem ich gerade herumkaute, fast durch. Ich war so vertieft gewesen, dass ich Dodo, meine beste Freundin und seit Kurzem sogar ganz offiziell auch meine Stiefschwester, überhaupt nicht bemerkt hatte.

»Was ist mit Molli?«, fragte ich überrascht, pfriemelte mir ein Stück Bleistiftholz aus dem Mund und guckte Dodo an. Sie stand mittlerweile neben meinem Schreibtisch, blickte mir über die Schulter und runzelte dabei die Stirn.

»Molli?« Dodo schüttelte den Kopf. »Was soll denn mit Molli sein?«

»Äh, hast du nicht gerade was von Pferd gesagt?«, fragte ich verwirrt.

Dodo rollte mit den Augen und seufzte. »Unserer Molli geht es gut, die steht wie immer glücklich im Garten und wartet darauf, ausgeführt zu werden«, entgegnete Dodo.

»Ich habe gesagt: ‚Ich glaub, mich tritt ein Pferd!‘« Dabei deutete sie auf die Notizen, die ich gerade machte. »Es ist Samstagmorgen, und du machst Hausaufgaben! Du machst nie Hausaufgaben. Und schon gar nicht am Wochenende.«

»Klar mache ich Hausaufgaben!«, erwiderte ich. Manchmal zumindest. Jedenfalls die wichtigsten. »Aber …«

»Und dann auch noch ausgerechnet Mathe. Du hasst Mathe!«, fuhr Dodo fort, als hätte ich gar nicht gesprochen. Sie beugte sich weiter runter. »Seltsam«, murmelte sie dann. »Ich wusste gar nicht, dass wir überhaupt was in Mathe aufhaben.«

»Haben wir auch nicht«, sagte ich. »Ich …«

»Puh«, entfuhr es Dodo erleichtert. »Ich dachte schon, ich hätte da was nicht mitbekommen.«

»Dodo«, sagte ich. »Der Tag, an dem du irgendwas nicht mitbekommst, was mit Hausaufgaben zu tun hat, der ist noch nicht gekommen.« Ich klopfte mit dem zerbissenen Bleistift auf das Papier vor mir. »Das sind die Zahlen und Buchstaben, die der alte Kamitzki in die Zeitrutsche eingeritzt hat.«

»Oh!« Dodo kratzte sich am Kinn. »Aber das ist doch … hm.« Sie verstummte mitten im Satz, drehte sich um und stürmte aus dem Zimmer.

»He!«, rief ich ihr verwundert hinterher. »Was ist denn?«

Ich hatte mich gerade von meinem Stuhl erhoben, um ihr zu folgen, als Dodo schon wieder zurückgestürmt kam, ein dünnes Büchlein in der Hand, mit dem sie aufgeregt vor meinem Gesicht herumwedelte.

»Eine Formelsammlung für Mathe«, erklärte sie, hörte mit dem Wedeln auf und blätterte dann zielstrebig eine Seite auf. »Guck!«

Ich guckte.

Mathe und Formeln, also, das war nicht so meins. Aber die Buchstaben dieser Formel, auf die Dodo zeigte, waren tatsächlich die, die ich gerade auf meinem Zettel angestarrt hatte, wenn sie auch in anderer Reihenfolge dastanden.

»*Formel für Beschleunigung*«, las ich die Überschrift laut vor.

Dodo nickte wie verrückt. »Beschleunigung! Mensch, Ella! Beschleunigung!« Dodo hüpfte auf und ab und war ganz rot angelaufen. »Bestimmt hat der Kamitzki damit berechnet, wie schnell man rutschen muss, um in der Zeit zu springen.«

Mein Herz machte einen Satz.

»Mathematik …!«, rief Dodo.

»Und Magie …«, hauchte ich.

»Und Magie …«, wiederholte Dodo und klang irgendwie ganz ehrfürchtig. »Was für eine Mischung!«

»Früüüühstüück!«, ertönte es in diesem Moment von unten aus der Küche.

Während wir nach unten rannten, fragte ich Dodo: »Wieso hast du die Formel eigentlich so schnell erkannt? Die hatten wir doch noch gar nicht in der Schule, oder?«

»Oooch«, Dodo zuckte mit den Schultern und murmelte leise: »Manchmal lese ich ein paar Formeln vorm Schlafengehen. Das entspannt mich.«

Ich lachte und stöhnte gleichzeitig auf. Dodo war eine Nerdin. Durch und durch und mit ganzem Herzen. Und das war auch gut so. Mit einer solchen Nerdin mussten wir doch einfach das Geheimnis der Zeitreise und die Bedeutung der Federn entschlüsseln können! Meine Hoffnung war es nämlich, das Rätsel zu lösen, um am Ende ganz ohne Nebenwirkungen in der Zeit herumspringen zu können.

Denn leider hatte das Zeitrutschen Folgen.

Sogar ziemlich unangenehme Folgen!

Eine davon war zum Beispiel gewesen, dass Dodos Mutter Susi eine Tierhaarallergie bekommen hatte – als Tierärztin denkbar unpraktisch – und mein Vater plötzlich an so einer Art Schlafkrankheit litt. Am Ende schlief er sogar im Stehen ein! Dabei war Papa eigentlich genau das Gegenteil von müde, normalerweise war er ein großes Bündel aus unerschöpflicher Energie. Und diese Energie steckte er glücklicherweise zum großen Teil in die Zubereitung unserer Mahlzeiten. Er war nämlich Koch von Beruf und dazu ein richtig guter.

Entsprechend sah auch unser Frühstückstisch aus: bunt, lecker, abwechslungsreich und richtig, richtig voll. Und während ich noch überlegte, ob ich zuerst einen der winzigen mit Obst verzierten Pfannküchlein essen sollte oder doch lieber die selbst gebackenen Minibrötchen mit Käse und Gemüse belegt, da ertönte ein Klingeln durch das offene Fenster.

Dodo und ich warfen uns einen Blick zu. Das Fahrradklingeln kannten wir schon, es kündigte nämlich die Ankunft der Zwillinge an.

Luka und Lizzi hatten wir gleich an unserem ersten Tag nach unserem Umzug auf diesen alten Bauernhof kennengelernt. Ihre Eltern betrieben den kleinen und einzigen Einkaufsladen im Ort, der ausgerechnet Kleinkotzingen hieß.

Erst letztens hatte ich mit Toni – in den ich mal ziemlich verknallt war – telefoniert. Und als er fragte, wo ich denn nun genau hingezogen war, und ich Kleinkotzingen antwortete, da brach er in schallendes Gelächter aus und hörte damit gar nicht wieder auf, sodass ich irgendwann einfach aufgelegt habe.

Zurückgerufen hat er bis heute nicht. Ich war mir noch nicht so ganz sicher, ob ich deswegen enttäuscht sein sollte – laut Dodo hatte er nämlich sowieso längst eine feste Freundin und ich keine Chance mehr bei ihm – oder erleichtert, weil er obendrein ganz offensichtlich ein Blödmann war.

»Wollen wir es den Zwillingen heute erzählen?« Dodo flüsterte in mein Ohr.

Ich wusste genau, was sie meinte. Wir hatten nämlich schon lange und oft darüber gesprochen, ob wir die Zwillinge in unser Geheimnis einweihen wollten. Das heißt Dodo wollte. Ich war mir da nicht so sicher. Dass in unserem Garten eine Rutsche stand, mit der man eine halbe Stunde in die Vergangenheit rutschen konnte, das war ja schließlich kein besonders kleines Geheimnis.

Andererseits lebten die Zwillinge seit ihrer Geburt hier, und auch wenn sie immer behaupteten, dass sie kaum etwas über diesen Herrn Kamitzki wussten – der verstorbene Typ, dessen Hof das hier mal war und ganz offensichtlich der Zeitreisenrutschenerfinder –, so wussten sie bei Weitem mehr als wir.

Also nickte ich meiner Freundin schließlich zu. »Na gut.«

»Was ist gut?« Luka und Lizzi wehten in die Küche.

»Das Frühstück ist gut!«, erwiderte Dodo geistesgegenwärtig. Papa strahlte bei dieser Aussage.

Und Susi seufzte glücklich mit einer Tasse Tee in der Hand, einem Bissen Gurkentoast im Mund und ihrem Tierarztkoffer auf dem Schoß. Bestimmt musste sie gleich schon wieder los, um eins der vielen Tiere auf den Nachbarhöfen zu verarzten. Es hatte sich schnell herumgesprochen, dass eine Tierärztin hergezogen war, und sie konnte sich kaum noch vor Arbeit retten.

»Und *wie* gut das ist!«, nuschelte Luka mit vollem Mund. Noch bevor er richtig saß, hatte er sich bereits eine winzige Zimtschnecke in den Mund geschoben. Und auch Lizzi griff zu und schmatzte zufrieden.

Ich musste ein bisschen kichern. Denn normalerweise waren die Zwillinge nie still. Eigentlich quasselten sie ununterbrochen!

Nach dem Essen gingen wir zu viert zum kleinen Garten, wo Molli schon auf uns wartete.

»Wo ist eigentlich dein Hund?«, fragte ich Lizzi. Normalerweise brachte sie immer ihre unglaublich haarige, riesige, aber zum Glück gutmütige Hündin mit.

»Sie macht Ferien bei meiner Tante«, sagte Lizzi und klang ein bisschen traurig. »Jeden Sommer geht meine Tante wandern und nimmt den Hund mit. Ich vermisse sie ganz schön!«

»Wir müssen das Pony ausführen«, sagte Dodo, und Lizzi guckte schon wieder viel glücklicher.

»Ein Verdauungsspaziergang klingt gut«, stimmte Lizzi ihr zu.

»Dass du dich überhaupt noch bewegen kannst!« Luka lachte. »Nach drei Obstspießen, vier Käsebrötchen und sage und schreibe sechs Schokobällchen!«

Ich verdrehte die Augen, holte das Halfter für Molli und legte es ihr um.

»Wenn ich richtig mitgezählt habe«, entgegnete Lizzi sofort, »dann hast du sogar vier Obstspieße gegessen, acht Schokobällchen und fünf Brötchen!«

»Ich bin älter«, rief Luka, »und daher größer und brauche mehr Kalorien!«

»Du bist keine zwei Zentimeter größer und keine drei Minuten älter und …«

»Ich bin genau 2,8 Zentimeter größer und genau drei Minuten und vierzig Sekunden älter«, sagte Luka.

»Vielleicht sollte ich mal ausrechnen, wie viele Kalorien da dann nötig sind. Bestimmt höchstens ein halbes Schokobällchen und nicht gleich …«

Ich seufzte. Ich musste die beiden unterbrechen. Sonst hörten die womöglich nie auf. Und deswegen platzte ich mitten in ihren Schlagabtausch rein: »Könnt ihr eigentlich ein Geheimnis für euch behalten?«

Sofort verstummten die beiden und starrten mich an.

Das hatte ihnen also tatsächlich die Sprache verschlagen. Ich grinste, aber ich hatte mich wohl zu früh gefreut.

»Also, ich schon«, rief Lizzi nämlich, »aber Luka …«

»He, ich kann sehr wohl ein Geheimnis hüten«, kam es empört zurück.

»Ach ja?« Lizzi war stehen geblieben, und Molli, deren Halfter sie in der Hand hielt, schnaufte ziemlich aufgebracht. »Und was ist mit den Sammelkarten aus den Müslipackungen im Laden, die wir heimlich …«

»Mensch, Lizzi!« Luka gab seiner Schwester einen leichten Schubs, damit sie endlich weiterging. »Damals waren wir vier Jahre alt! Vier! Und Mama war sowieso von Anfang an klar, dass wir die ganzen Tüten aufgerissen hatten, um an die Karten zu kommen.«

»Aha!« Lizzi schnaufte wie das Pony. »Und was ist, als

wir damals im Restaurant bei Frau Sonne aus Spaß die Fotos umgehängt haben und eins davon runtergefallen …«

»Das war doch kein Geheimnis, sondern ein Unfall und …«

»Wir brauchen eure Hilfe«, versuchte nun auch Dodo, ein Wort dazwischenzubekommen, aber keiner der beiden schien sie zu hören.

»Ein Unfall kann doch auch ein Geheimnis sein«, behauptete Lizzi gerade.

»Alles Mögliche kann ein Geheimnis sein«, fand Luka. »Aber in diesem Fall müsste man …«

Das wurde mir jetzt zu blöd. »Wir haben eine Zeitmaschine!«, schrie ich also unvermittelt und ziemlich laut dazwischen.

Das wirkte!

Endlich klappten die beiden ihre Münder zu und rissen ihre Augen auf.

Keiner sagte mehr ein Wort.

Kapitel 2

Tatsächlich sagten die Zwillinge für geschlagene siebenundzwanzigeinhalb Sekunden nichts – ich hatte mitgezählt. Es erschien mir fast wie ein Rekord (Essenszeiten und ganz wenige Schulstunden mal ausgeschlossen).

»Ihr habt was?«, wisperte Luka schließlich.

Wir schlenderten mittlerweile an der Kuhweide neben unserem Grundstück entlang, wo Molli schließlich bei einem besonders saftigen Grasbüschel stehen blieb und zu fressen begann.

Und das taten wir dann auch. Also stehen bleiben. Nicht fressen. Abwechselnd erzählten Dodo und ich unsere überaus merkwürdigen Erlebnisse mit der halben Stunde Vergangenheitsreise und der verrutschten Zeit.

»Und jetzt brauchen wir eure Hilfe«, schloss Dodo unsere ziemlich lange und ziemlich komplizierte Erzählung ab. »Wir müssen in der Scheune und auf dem gesamten Hof nach weiteren Notizen, Federn und sonstigen Hinweisen suchen.«

Und wirklich, die Zwillinge hatten nicht nur schweigend (!) zugehört, sie glaubten uns diese höchst unglaubwürdige – und doch wahre – Geschichte sogar sofort. Wahrscheinlich lag es daran, dass sie Herrn Kamitzki gekannt hatten. Dem trauten sie anscheinend wohl alles Mögliche zu.

»Boah«, war Lukas erste Reaktion. »Wir können in der Zeit rutschen?«

»Also, wir können gar nichts«, entgegnete Lizzi aufgebracht. »Hast du denn nicht zugehört, was die beiden gerade erzählt haben? Wie gruselig alle geworden sind? Wir auch!«

»Aber stell dir mal vor, was man alles machen könnte!« Luka klang ganz träumerisch und ignorierte Lizzi.

»Vor allen Dingen könnte man vor deinen doofen Kommentaren davonrutschen«, meinte Lizzi daraufhin.

»Du meinst, wenn ich was Schlaues sage, würdest du zurückrutschen, um mir zuvorzukommen?« Luka zwinkerte Lizzi zu.

»Gute Idee«, fand Lizzi und lachte. »Dann würdest du endlich merken, dass in Wirklichkeit ich der schlauere Zwilling von uns beiden bin.«

»Aber nur, weil du mit dem Zeitsprung schummeln könntest«, sagte Luka.

»Ich bin nicht nur schlauer«, rief Lizzi da. »Ich bin außerdem die weltbeste Sucherin. Immerhin finde ich alles, was mein Bruder verliert.« Sie drehte sich zu mir und

Dodo um und verdrehte die Augen. »Und er verliert richtig viel. Quasi alles.«

»Ich verlege höchstens Dinge«, entgegnete Luka, aber er nickte und fuhr sich durch die haselnussbraunen Haare. »Aber die findet Lizzi tatsächlich immer.« Er lächelte seine Zwillingsschwester an.

Und ich fragte mich unwillkürlich, wie es sich wohl anfühlte, von Luka mit so einem echten, gefühlvollen und liebevollen Lächeln bedacht zu werden. Bei dem Gedanken wurde ich plötzlich ganz rot und drehte mich schnell zu den Kühen um, damit das keiner mitbekam. Als ich das Gefühl hatte, dass mein Gesicht wieder seine normale Farbe hatte, drehte ich mich um.

Und stutzte.

Dodo musterte mich nachdenklich, und ich war mir sicher, dass sie genau wusste, was ich eben gedacht hatte. Denn auch wenn wir keine Zwillinge waren, so hatten wir durch unsere lange und enge Freundschaft auch eine ziemlich tiefe Verbindung und wussten oft, was mit der anderen los war. Glücklicherweise sagte Dodo aber nichts, sondern klopfte Molli nur sanft auf den Popo. »Lasst uns zurückgehen und mit der Suche anfangen, ja?«

»Zuerst zeigt ihr uns aber die Rutsche und die Zeichen da drauf?!«, rief Luka.

»Und das Notizbuch«, ergänzte Lizzi.

»Die Federkommode mit der Inschrift!«, sagte Luka. »Wie ging die noch?«

»Hinter dir die Zukunft, ungesehen und fremd,
vor dir die Vergangenheit fest im Blick,
drum dreh dich um und schau nach vorn.«

Das kam von Lizzi.

»Ihr habt wirklich gut zugehört!« Dodo lachte und bugsierte gemeinsam mit Lizzi das Pony den Feldweg entlang, der zu unserem Hof führte.

»Und diese Schwester vom Kamitzki«, fragte Lizzi, nachdem alle für eine Weile und den halben Weg lang den eigenen Gedanken nachgehangen hatten, »wie ist die so? Auch so unheimlich und durchgeknallt, wie ihr Bruder es war?«

»Hm«, machte ich. »Unheimlich höchstens ein bisschen.« Ich erzählte ihnen vom Glasauge. »Sie war aber ganz schön unfreundlich.«

»Stimmt«, warf Dodo ein. »Und auf ihren Bruder war sie nicht gut zu sprechen!«

»Kein Wunder«, sagte ich. »Wegen ihm hat sie wohl eins ihrer Augen verloren.«

»Na und?« Luka deutete auf seinen linken Arm. »Dann müsste ich Lizzi auch nicht mögen. Sie hat mich nämlich mal von der Schaukel gestoßen, und da habe ich mir den Unterarm gebrochen.«

»Ich habe dich überhaupt nicht gestoßen«, verteidigte sich Lizzi. »Ich wollte dir Anschwung geben. Aber du hast dich nicht festgehalten und …«

Luka legte besagten ehemals gebrochenen Arm um seine Zwillingsschwester. »Aber das meine ich doch nicht. Ich meine, dass man deswegen nicht aufhört, seine Geschwister zu lieben.«

Da war es wieder, dieses Lächeln von Luka. Ich guckte schnell weg. Ich musste mich jetzt auf das Zeitreisenrätsel konzentrieren, das war wirklich erst mal viel wichtiger. Und nach der Sache mit Toni hatte ich mir sowieso vorgenommen, nicht mehr so dämlich für jemanden zu schwärmen. Luka war ein Freund. Mehr nicht.

»Der Kamitzki war wohl schon als Kind unheimlich«, fuhr Luka fort. »Das wollte ich nur damit sagen.«

Lizzi nickte. »Ob seine Schwester auch eine Hexe ist?«, überlegte sie laut.

»Auf jeden Fall hatte sie uns davor gewarnt, das Kästchen mit den Federn zu öffnen, wenn wir es finden sollten«, erzählte ich. »Ich bin mir ziemlich sicher: Die weiß irgendwas.«

Gerade hatten wir den kleinen Garten mit dem Kirschbaum in der Mitte erreicht, wo Molli seit ihrem plötzlichen Auftauchen wohnte, als wir ein Stöhnen hörten.

Und mein Herz fing sofort an zu puckern.

Ich kannte dieses Geräusch. Das war Papa. Und das letzte Mal, als ich das gehört hatte, da war er beim Transportieren unserer Waschmaschine eingeschlafen.

Echt!

Das Ding war ihm auf den Fuß gefallen – man glaubt es nicht! Und dann war er auch noch ohnmächtig geworden!

Wenn Dodo und ich nicht in der Zeit gerutscht wären, dann hätte das bestimmt ein schlimmes Ende genommen.

Jedenfalls aber war das Zeitrutschen schneller als jeder Krankenwagen, der schließlich erst mal bis in diese Einöde, in der wir jetzt wohnten, hätte fahren müssen.

Na gut, letztendlich hatte Papa diese Einschlafkrankheit überhaupt nur *wegen* unserer Zeitrutsche bekommen, aber wenn ich eines verstanden hatte, dann das: Wenn man über Zeitreisen nachdachte, dann dachte man im Kreis, außerdem hin und her, einmal durcheinander und wieder zurück – und am Ende bleibt trotzdem nichts als Verwirrung übrig.

Oder Kopfschmerzen.

Wieder das Stöhnen.

Wir stürmten also durch den kleinen Garten bis zum Zaun, da entdeckten wir Papa. Lang gestreckt lag er in einem seiner neu angelegten Gemüsebeete, an denen er seit ein paar Tagen hinter der Scheune herumgrub, den Spaten noch in der Hand.

Neben ihm gockelte der Hahn herum und begann, als er uns erblickte, wie ein Blöder zu krähen.

Kapitel 3

»Papa!«, rief ich besorgt.

Gerade wollte ich mich neben ihn knien, da schnellte er in die Höhe, schwang den Spaten und knurrte: »Wenn ich dich erwische!«

»W-was?« Erschrocken machte ich erst mal wieder einen Schritt zurück.

»Oh, Ella«, Papa ließ bei meinem Anblick den Spaten glücklicherweise wieder sinken und lächelte. »Der Hahn! Er hat alle Gemüsesamen aus den Beeten wieder rausgepickt. Alle!«

»Und warum liegst du auf dem Boden?«, erkundigte ich mich, während Papa sich die Erde von den Knien klopfte.

»Weil er nicht nur meine Samen frisst, sondern auch eine Stolperfalle ist«, schimpfte Papa. »Er ist mir direkt vor die Füße gelaufen!«

Dieser Hahn! Immer und überall tauchte er auf. Und ich fragte mich, was genau er eigentlich mit dem Zeitgereise zu tun hatte. Ob es an seinen Federn lag, dass unsere

Umwelt sich so verändert hatte? Oder lag es an ihm selber, schließlich verschwanden beim Rückwärtsreisen immer wieder Tiere – und er war ja schließlich auch ein Tier.

Ich blickte mich um, aber der Hahn stakste seelenruhig davon.

»Ich muss jetzt neues Saatgut besorgen«, ließ Papa uns wissen.

»Wir haben Saatgut«, rief Luka. »In unserem Laden.«

Ich musste lächeln. Das *Kleinerlei*, so hieß der Laden seiner Eltern, hatte die sonderbarsten Dinge im Angebot. Letztens habe ich dort ein ganzes Regal voller Kabeltrommeln und Fingerpuppen entdeckt. Sogar Heuballen hatten wir dort schon für Molli erstanden.

»Schau!« Luka stupste mich an und deutete hinter die Scheune. Dort stand die Zeitrutsche. Und obendrauf saß der Hahn und krähte.

»Manchmal habe ich das Gefühl, der Hahn will uns irgendwas mitteilen«, sagte ich leise. »Immer taucht der überall auf. Und er hängt ständig auf der Rutsche rum!«

»Ich will mir die Rutsche mal genauer angucken«, sagte Lizzi.

»Na gut«, erwiderte ich. »Aber dann sollten wir mit der Suche anfangen. Die Scheune ist so vollgestopft, dass wir noch nicht einmal ein Drittel durchsucht haben!«

»Können wir nicht auch einmal rutschen?«, fragte Luka.

Er war auf die Rutsche geklettert, um den Hahn zu verscheuchen, und blieb für einen Moment da oben sitzen.

»Nur ein einziges Mal?«

»Nein!« Dodo schrie fast, und Luka zuckte zusammen. Kein Wunder. Das war nicht nur sehr laut. Das war auch sehr Dodo-untypisch.

Auch ich schüttelte den Kopf. »Nein«, wiederholte ich, wenn auch etwas leiser. »Ihr müsst uns versprechen, dass ihr nicht rutscht! Ihr könnt euch einfach nicht vorstellen, wie furchtbar ihr alle wart. Wie furchtbar einfach alles war!«

Obwohl ich mir im Moment fast nicht mehr so ganz genau vorstellen konnte, wie gruselig die Zwillinge geworden waren, jetzt wo Luka mich so neugierig anguckte. Na ja, jedenfalls so lange, bis Dodo ihn angeschrien hatte. Da war er nämlich zusammengezuckt und kletterte nun schnell wieder herunter.

Gemeinsam legten wir die Rutsche hin, denn so konnten wir die eingeritzten Symbole, Zahlen und Buchstaben besser erkennen.

Dodo zeigte auf die Buchstaben, die in der richtigen Reihenfolge die Formel für Beschleunigung darstellen könnten, ich deutete auf die beiden Lötstellen an den unteren Füßen.

»Und was suchen wir genau?«, wollte Luka wissen. »Meint ihr, da ist etwas drin?«

»Vielleicht«, sagte Dodo. »Ich habe mir überlegt, ob vielleicht die Federn …« Sie verstummte und runzelte die Stirn.

»Du meinst, der Kamitzki hat dort die Federn des Phönix eingelötet und …« Auch Luka sprach den Satz nicht zu Ende. Aber Dodo nickte.

Mein Hirn ratterte. Ich sprang auf. »Und die Magie der Phönixfedern hat bei der Geschwindigkeit das Zeitportal geöffnet«, ergänzte ich atemlos. Ich fühlte mich wie in einem Fantasyfilm. Denn wer bitte sagte ansonsten schon Worte wie *Phönixfedern* und *Zeitportal* in einer normalen Unterhaltung? Obwohl, wenn ich ehrlich bin, gab es in meinem Leben mittlerweile etliche Unterhaltungen, die nicht normal waren. Schließlich sprachen wir mit aller Ernsthaftigkeit über Zeitmaschinen, Fabelfedern und einer verrutschten Zeit.

Und außerdem waren die meisten Unterhaltungen der Zwillinge untereinander ja auch eher seltsam.

Dodo hob die Schultern. »Wir wissen gar nichts. Nicht viel. Nur, was wir euch erzählt haben.«

»Und was genau suchen wir?«, fragte Luka, der mit dem Finger über die Lötstellen fuhr.

»Das wissen wir ja auch nicht«, sagte ich. »Wir denken und hoffen, dass es noch weitere Notizbücher gibt.« Ich dachte an unsere eigenen Notizen. »Und wir suchen den Hut«, ergänzte ich. »Lizzi, du hast doch mal von diesem Hut erzählt, den der Kamitzki immer aufhatte.«

Lizzi nickte, aber Luka antwortete: »Stimmt, das war so ein alter, hässlicher Filzhut. Und an der Krempe hingen ganz viele verschiedene Federn.«

»Und Federn haben bei dieser Sache eine ganz besondere Bedeutung!«, sagte Dodo.

»Wisst ihr noch, wie die Federn genau aussahen?«, fragte ich, obwohl ich mir kaum vorstellen konnte, dass sie sagen konnten, von welchen Vögeln die waren. »Vielleicht waren die Phönixfedern ja am Hut und nicht in der Rutsche.«

»Du meinst …«, Dodo kratzte sich nachdenklich am Kinn. »Du meinst, der Hut war so was wie ein Schlüssel?«

Luka nickte erst und schüttelte dann den Kopf.

Lizzi antwortete: »Also, niemand hat den Kamitzki wirklich lange angeguckt. Ich ganz bestimmt nicht. Der war so unheimlich. Keine Ahnung, wie die Federn aussahen.«

Ich seufzte. Dieser Typ musste wirklich Furcht einflößend gewesen sein. Lizzi hatte nun schon öfter erwähnt, dass sie sogar richtig Angst vor ihm hatten und sich niemand aus dem Ort auf diesen Hof getraut hatte, als er noch am Leben war.

»Gut«, sagte Luka. »Dann lasst uns doch endlich loslegen.«

Kapitel 4

Leider mussten die Zwillinge nach nur einer Stunde wieder nach Hause. Am Wochenende halfen sie immer im *Kleinerlei* mit. Aber sie versprachen, nach Ladenschluss – der hier in der Pampa bereits am frühen Nachmittag war – sofort zurückzukommen, um weiterzusuchen.

Dodo und ich machten daher nach dem Mittagessen auch eine Pause.

Wir lagen im kleinen Garten unterm Baum und schauten Molli beim Grasen zu. Dodo schnappte sich einen langen Grashalm und kitzelte mir damit die Nase.

»Hatschi!« Ich musste niesen, knuffte meine Freundin in die Seite und zog ihr das Gras aus der Hand.

Sofort kam Molli angetrabt und schnupperte neugierig daran. »He!«, rief ich, als das Pony losknabbern wollte. »Hier ist genug Gras, such dir deinen eigenen Halm!«

Dodo kicherte, drehte sich auf den Bauch und stützte sich auf die Unterarme. Alles war ruhig. Na ja, völlig ruhig war es natürlich nicht. Ich hörte Molli Gras rupfen und ab und zu zufrieden schnaufen, und ich hörte Dodos Atemzüge. Vögel zwitscherten. Unser Hahn krähte. Und die Blätter raschelten mit den fast reifen Kirschen daran, wenn der Wind durch die Kirschbaumäste wehte.

Es waren so ganz andere Geräusche, als ich sie aus der Stadt gewohnt war. Dort hörte man hauptsächlich den Lärm des Verkehrs, der oft alles andere einfach übertönte.

Als hätte Dodo meine Gedanken gelesen, fragte sie unvermittelt: »Bist du eigentlich immer noch so unglücklich über unseren Umzug hierher?«

»Bist du denn immer noch so glücklich darüber?«, antwortete ich mit einer Gegenfrage, um nicht sofort antworten zu müssen.

Dodo richtete sich auf und setzte sich in den Schneidersitz. Ich tat es ihr nach.

»Ich finde es hier ganz okay«, sagte sie. »Ich freue mich, dass Mama so glücklich ist. Und bitte, Ella, wer hat schon das Glück, dass die beste Freundin mit umzieht? Normalerweise ist doch das immer das Hauptproblem. Dass man seine Freunde zurücklassen muss.«

»Stimmt.« Ich seufzte. Das war wirklich ein Glück. Überhaupt: Wer kann schon von sich behaupten, dass die beste Freundin sogar zu einer echten Schwester wird? Als mein Vater und Dodos Mutter geheiratet hatten, das war einfach das Schönste, was uns passieren konnte.

»Oder hängst du immer noch Toni nach?« Dodo verdrehte die Augen.

»Quatsch«, rief ich. Ich hatte ihr ja von dem Telefonat erzählt, in dem er mich nur ausgelacht und dann nie wieder angerufen hatte. »Das ist ein Volltrottel. Das habe ich auch kapiert.«

»Und Luka ist doch auch ganz nett, oder?«, fragte sie und lachte.

»Wie kommst du denn jetzt auf Luka?« Mir stieg schon wieder die Wärme in die Wangen.

»Na ja, ich musste gerade an Toni denken und dann eben an Luka, ganz klar! Luka braucht ja nur neben dir zu stehen und du wirst gleich rot.«

»Stimmt ja gar nicht«, murmelte ich.

Dodo zwinkerte mir zu. »Vielleicht liegt es ja an ihm, dass du hier jetzt doch gar nicht so unglücklich bist.«

»Wer hat denn behauptet, dass ich hier nicht mehr unglücklich bin?«, rief ich. Aber ich hörte selber, dass ich nicht überzeugend klang. Denn irgendwie hatte ich mich schon ein bisschen an diese Einöde gewöhnt: an die Landschaft und die frische Luft. An die Schule und die tatsächlich ganz netten Klassenkameraden. Ich mochte sogar Herrn Froschmaier. Auch wenn ich jedes Mal einen Lachanfall bekommen könnte, wenn er mich mit seinen großen Augen durch die Brillengläser anglupschte, er sich in Froschgrün kleidete und sogar froschähnlich sprach. Aber er war der entspannteste und freundlichste Lehrer, den ich je gehabt hatte. Letztens hatte ich sogar was in Mathe verstanden. Ich! Das will schon was heißen.

UND wir hatten natürlich die Zeitmaschine. Wer, bitte schön, hat schon eine Zeitmaschine?

Na ja, und Luka war wirklich nett.

Und …

Das Fahrradklingeln riss mich aus meinen Gedanken. Winkend kamen die Zwillinge angeradelt, schon von Weitem rief Lizzi: »Wir konnten heute früher Feierabend machen!«

»Weil ich alle Tiefkühlpizzen in Windeseile eingeräumt habe!«, ergänzte Luka.

»Quatsch«, fand Lizzi. »Weil ich Mama erzählt habe, dass wir mit euch zusammen noch für Bio lernen müssen.«

»Bio?«, fragte ich verwirrt.

»Wir schreiben nächste Woche Bio«, bestätigte Dodo.

Ich seufzte. Warum wusste ich davon eigentlich nichts? Als hätte Dodo meine Gedanken gelesen, grinste sie mich an und sagte: »Keine Sorge, Ella, ich hätte dich schon noch rechtzeitig erinnert und mit dir gelernt.«

»Du bist ein Hausaufgabenheft auf Beinen«, sagte ich, und Luka fing an zu lachen.

Ich grinste glücklich, und dann machten wir uns wieder daran, die Scheune zu durchstöbern.

Noch immer wirbelten darin etliche Federn herum, die zuvor in der Federkommode mit der Inschrift gelegen hatten. Wir hatten zwar versucht, die meisten wieder einzusammeln, aber die ganzen winzig kleinen Daunenfederchen, die waren mittlerweile in jede Ecke, Ritze und Kiste geflogen.

Dodo und ich fingen vorne bei der Eingangstür an. Luka und Lizzi arbeiteten sich von hinten vor. Spätestens wenn wir uns in der Mitte getroffen hatten, mussten wir doch was gefunden haben, oder?

Ich hoffte es.

Das war jedenfalls der Plan.

Aus dem hinteren Teil der Scheune hörten wir ab und zu die Zwillinge murmeln, lachen und ein- oder zweimal ertönte sogar ein »Iiiiih, was ist denn das?« von Lizzi.

Aber ansonsten suchte jeder vor sich hin.

Eine ganze Weile später ließ ich mich erschöpft auf eine schrottreife Gartenliege nieder und stöhnte.

Ich hatte Fach für Fach und Schublade für Schublade einiger Schränke durchsucht. Und wirklich viele Dinge gesehen, die ich lieber nicht gesehen hätte. Alte und ungewaschene Socken zum Beispiel. Und verkrustete Marmeladengläser mit seltsamen Flüssigkeiten darin. Und in diesen Flüssigkeiten schwamm Zeug herum, von dem ich besser gar nicht wissen wollte, was das einmal gewesen war.

Aber ich hatte nichts gefunden.

Nichts, was auf Zeitreisen hingedeutet hätte.

Nichts, was uns weiterbrachte.

Ich beobachtete Dodo, die sich ein Bücherregal vorgenommen hatte und jedes Buch einzeln aufschlug und durchblätterte. Ab und zu lächelte sie sogar. Nun, Bücher waren schließlich auch ihr Ding.

Für einen Augenblick schloss ich die Augen. Ich war müde und döste ein bisschen vor mich hin. Alles war so ruhig. Und still. Nur das Umblättern der Buchseiten von Dodo war zu hören.

Halt. Wieso war es eigentlich so still? Die Zwillinge hielten doch nie den Mund!

Ich stand wieder auf und kämpfte mich über ein paar alte Autoreifen ein Stück weiter nach hinten. Dort stand eine riesige Plastikkommode, und auf dem Boden darunter erkannte ich das Ende eines schmutzigen Teppichs. »Luka?«, rief ich. »Lizzi? Wo seid ihr?«

Keine Antwort. Sehen konnte ich die beiden auch nicht.

»Hallo?«, rief ich noch mal.

Nichts.

»Luka? Lizzi?«

»Hallo?«, kam endlich eine Antwort.

Allerdings kam sie von der anderen Seite der Scheune, vom Eingang. Und es war auch keiner der Zwillinge.

Es war Susis Stimme. Sie stand in der Tür und blinzelte herein. »Hallo«, rief sie erneut. »Wir wollen gleich zu Frau Sonne zum Mittagstisch. Macht ihr euch fertig?«

»Ja, gerne, Mama«, antwortete Dodo.

»Wir kommen gleich«, rief ich vom Autoreifenturm herunter und Susi verschwand wieder. Noch einmal drehte ich mich Richtung Hinterwand der Scheune und rief:

»Luka? Lizzi? Habt ihr euch versteckt? Wo seid ihr denn?«

»Hier!«

Ich fuhr herum und fiel natürlich von den Reifen herunter. Glücklicherweise lag dort eine alte, dünne – und leider auch ziemlich müffelnde – Matratze und pufferte meinen Fall ab.

Wo eben noch Susi gestanden hatte, standen jetzt die Zwillinge.

»Warum habt ihr denn nicht geantwortet?«, wollte ich wissen und rappelte mich wieder auf.

»Wir …«, begann Luka, fuhr sich durch die Haare und verstummte.

»Nein, ja, also, wir waren nur …« Auch Lizzi zögerte und guckte ihren Bruder kurz von der Seite an. »Wir waren doch hier.«

Sie deutete erst lahm dahin, wo ich sie gerade gesucht hatte, und dann hinter sich.

»Aber wieso seid ihr nicht dahinten?«, fragte ich.

»Ach«, sagte Lizzi. »Wir sind an der anderen Scheunenseite nach draußen, durchs Fenster …« Sie hörte mitten im Satz auf zu sprechen, und Luka nickte wie wild. »Genau! Wir haben dich wohl einfach nicht gehört.«

»Ist ja auch kein Wunder bei diesem ganzen Gerümpel!«, sagte Lizzi.

»Eben«, stimmte Luka ihr schnell zu.

»Kommt ihr mit zu Frau Sonne?«, fragte ich. »Wir wollen bei ihr Mittag essen.«

Lukas Miene entspannte sich, und er rieb sich den Magen. »Ich habe tatsächlich schon wieder Hunger.«

»Du hast immer Hunger«, meinte Lizzi.

»Stimmt«, erwiderte ihr Bruder. »Außerdem ist Suchen sehr anstrengend.«

»Und aufregend!«, sagte Lizzi.

»Total!« Luka und Lizzi warfen sich einen Blick zu.

Ich verdrehte die Augen.

Dodo zuckte mit den Schultern. »Dann lasst uns los. Das Suchen nervt doch sowieso.«

»Was ist denn mit dir …?«, begann ich zu Dodo zu sagen, aber Luka sprach gleichzeitig: »Wir treffen uns dort, okay? Ich … äh … wir holen noch unsere Jacken von hinten aus der Scheune.«

»Wir können doch auf euch warten«, sagte ich. »Auf dich würde ich immer warten.«

Luka guckte mich überrascht an.

»Und wir müssen sowieso kurz noch zu Hause vorbei«, meinte Lizzi.

In dem Moment rief Susi, dass sie jetzt endlich los wollten und wir uns bitte beeilen sollten.

»Wir kommen dann so schnell wie möglich nach«, ertönte Lukas Stimme von hinter den Reifen. »Fahrt ruhig schon los.«

»Na gut, aber macht schnell!«, rief ich, dabei waren die beiden schon längst wieder hinter den Autoreifen verschwunden.

Kapitel 5

»Meinst du echt, in der Rutsche sind die Federn drin?«, fragte ich, als wir auf unseren Rädern die Landstraße erreicht hatten.

»Vielleicht«, sagte Dodo. »Ich habe ein bisschen recherchiert. Vögel und Federn spielen eine große Rolle in der Mythologie. Es gibt sogar die Theorie, dass Vögel in andere Dimensionen fliegen können.«

»Andere Dimensionen?«, hauchte ich verwundert.

»Wir haben uns schließlich auch in der Zeit verrutscht«, erklärte mir Dodo. »Vielleicht ist das so ähnlich wie durch Dimensionen fliegen.«

»An so was glaubst du?«, wunderte ich mich.

»Quatsch«, erwiderte Dodo. »Aber das habe ich gelesen. Und solange wir nicht wissen, wie das alles funktioniert, sollten wir über alle Möglichkeiten nachdenken.«

»Hm«, machte ich. »Wenn normale Vögel durch Dimensionen fliegen können, was können dann erst magische Vögel?«

»Genau, eine spannende Frage, oder?!«, rief Dodo aufgeregt. Und ein paar Pedaltritte später fragte sie: »Wollen wir später noch Bio lernen?«

»Heute noch?«, fragte ich. »Wir haben doch gerade Wichtigeres zu tun, oder?«

»Schule ist ja wohl mindestens genauso wi…?« Dodo hörte mitten im Satz auf zu sprechen.

»Genauso was?«, hakte ich nach und drehte mich um. Müssten die Zwillinge nicht so langsam nachkommen? Wo blieben die denn? Wo blieb nur Luka?

»Ach, egal«, kam es da von Dodo. »Das ewige Gelerne ist sowieso total blöd.«

»Sag ich doch«, murmelte ich und drehte mich noch mal um. »Wo bleiben denn die Zwillinge?«, fragte ich laut.

Dodo lachte. »Du hängst doch sonst nicht so an den beiden, Ella. Wenn ich mich richtig erinnere, fandest du sie bisher eher nervig.«

Ich zuckte mit den Schultern. Dodo hatte recht, das hatte ich mal gesagt. Und Luka und Lizzi zusammen konnten auch echt nerven. Aber einzeln genommen, da waren sie eigentlich ganz in Ordnung. Vor allen Dingen Luka …

Ich dachte den Gedanken nicht zu Ende. »Ach, ich habe doch nur gefragt«, erwiderte ich ein bisschen lahm und war froh, dass Papa und Susi uns in diesem Moment auf ihren Rädern überholten und uns lachend Trödelschnecken nannten.

Das konnten wir natürlich nicht auf uns sitzen lassen.

Und obwohl ich so eine alte Schrottgurke fuhr, die ganz bestimmt in nicht allzu ferner Zukunft einfach unter mir zusammenbrechen würde, legte ich noch einen Zahn zu.

Die Gaststätte lag ganz am anderen Ende des Dorfes. Wie bei unserem letzten Besuch, lag die kleine Katze von Frau Sonne mitten auf der Auffahrt vor dem Haus und putzte sich. Sie ließ sich von uns dabei überhaupt nicht stören, nicht einmal die ziemlich schrill quietschenden Bremsen meiner Schrottmühle schreckten sie auf.

»Ah!«, sagte Papa da. Er hatte sein Fahrrad längst abgestellt, war zum Ende der Auffahrt gegangen und ließ seinen Blick über Frau Sonnes weitläufigen Garten schweifen. »So sieht ein ordentlicher Gemüsegarten aus. Seht ihr die Beetbegrenzungen dort? Und so ein Gewächshaus brauche ich auch. Unbedingt! Ihr wisst sicherlich, dass Tomaten keinen Regen mögen und Schnecken gerne …«

»Und Schnecken zu gerne Gurken anknabbern«, vervollständigte ich seinen Satz und verdrehte die Augen.

Dodo stöhnte genervt auf und Susi schmunzelte.

Seitdem Papa unser bruchbudiges Wohnhaus innerhalb von ein paar Tagen zu einem wirklich gemütlichen Landhaus umgestaltet hatte, anschließend quasi über Nacht Susis Tierarztpraxis im Nebengebäude auf Hochglanz poliert hatte, war sein neuestes Projekt der Obst- und Gemüsegarten. Da unser Pony nun aber im Garten mit dem Kirschbaum lebte, wurde der Gemüsegarten kurzerhand hinter Susis Praxis angelegt, wo vorher eigentlich nichts war. Einfach eine Fläche leeres Land eben. Und da Papa letztendlich vorhatte, einen richtigen Hofladen zu eröffnen, brauchte er folglich irgendwas, was er einkochen, einmachen und zu Kuchen, Keksen und sonstigem Gebäck verarbeiten konnte. Kurz: Er sprach von kaum noch etwas anderem.

In diesem Moment zog er sogar einen Zollstock aus seiner Jackentasche und begann Frau Sonnes Gewächshaus auszumessen.

Wir anderen gingen schon einmal ins Gasthaus.

Das konnte dauern.

Frau Sonnes Gasthaus war so was wie der Wochenendtreffpunkt der Kleinkotzianer. Anscheinend hatte hier keiner Lust, an seinen freien Tagen zu kochen, jedenfalls war auch heute bereits jeder Tisch besetzt. Viele Gesichter drehten sich natürlich sofort zu uns um.

Ich wusste nicht, ob ich das gut fand. Also, dass sich alle zu uns umdrehten. Ich meine, so als ehemaliges Großstadtkind war ich das gar nicht gewohnt, dort drehte sich überhaupt niemand um, wenn man eine Gaststätte betrat. Höchstens die Bedienung.

Für einen Augenblick blieb ich also in der Tür stehen. Die Gaststätte war in einem alten Fachwerkhaus, und die Fenster waren klein, deswegen war es selbst bei strahlendem Sonnenschein – so wie an diesem Tag – eher schummrig drinnen.

Deswegen brauchte ich einen Augenblick, bis sich meine Augen gewöhnt hatten. Ich atmete tief durch. Es roch gut! Dabei fiel mir ein, dass ich gar nicht auf die Tafel vor dem Eingang geschaut hatte, was es heute zu essen gab – Frau Sonne kochte nämlich immer ein Drei-bis-vier-Gänge-Menü, aber eben nur eins, eine weitere Auswahl gab es nicht.

Nachdem ich etwas erkennen konnte, sah ich ein paar unserer Klassenkameraden – da waren Mia und Harm mit ihren Eltern. Und ich entdeckte Kermit, unseren Lehrer und gleichzeitig Schuldirektor.

Nein.

Halt.

Noch mal: Ich entdeckte Herrn Froschmaier, unseren Lehrer. Ich hatte nämlich gelernt, dass es nicht immer zum Vorteil ist, wenn man seinen Lehrern Spitznamen gab. Auch wenn er noch so gut passte!

Herr Froschmaier stand auf und winkte uns zu – mit einer Geste deutete er auf die freien Stühle an seinem Tisch.

Und noch bevor ich sie aufhalten konnte, winkte Susi zurück und lachte fröhlich: »Wir können an seinem Tisch sitzen, Kinder – wie nett.«

Dodo verzog das Gesicht, und ich seufzte. Wer wollte schon mit seinem Lehrer zusammen Mittag essen, auch wenn er noch so nett war?

Ein spitzes Kreischen ertönte von draußen. Und weil

ich noch immer im Türrahmen stand, drehte ich mich sofort um und rannte wieder hinaus.

»Vorsicht!«

Luka kam auf seinem Rad angeschossen, direkt neben ihm war Lizzi. Sie war hochrot angelaufen, ihre Augen weit aufgerissen, und sie schlingerte gefährlich auf ihrem Rad hin und her. Wieder kreischte sie, und bei einem besonders heftigen Schlingern fuhr sie fast ihren Zwillingsbruder um.

Der wiederum brüllte irgendwas. Ich weiß nicht, ob es Freude war oder doch eher Schrecken – er brüllte etwas, das klang wie *Wuhuu* oder *Wahaa* –, und dann preschten die beiden die Einfahrt hinauf und wären fast gegen eins der Gewächshäuser gedonnert, dort, wo Papa noch immer stand und überrascht von seinen Messungen aufblickte.

Luka trat volle Kanne in die Bremsen. Lizzi wohl nicht, sie krachte nämlich nun doch noch gegen Luka.

Beide fielen um.

»Aua.« Lizzi schnaufte.

Ich machte einen Schritt auf die beiden am Boden zappelnden Zwillinge zu. Ich streckte Luka meine Hand hin, aber er hatte sich längst wieder aufgerappelt und sich von dem Räderhaufen befreit, der ihn kurzzeitig begraben hatte. Etwas enttäuscht, dass er meine Hand ignoriert hatte, streckte ich sie also Lizzi hin, die sich dankbar an ihr hochzog. Glücklicherweise schienen die beiden sich nicht ernsthaft verletzt zu haben. Denn Lizzi lächelte mich schon wieder an – auch wenn sie noch ganz schön käsig aussah und das Lächeln ein bisschen gezwungen. Gedankenverloren rieb sie sich den Hintern.

Nur Luka strahlte regelrecht.

»Boah«, machte er. »Das war … das war ja der absolute Ha…«

»Knapp«, fiel ihm Lizzi ziemlich laut ins Wort. »Das war echt ganz schön knapp.«

»Was ist denn mit euch los?«, fragte Dodo, die mittlerweile neben uns stand. »Habt ihr das Fahrradfahren verlernt?«

»Nein, ich …«, stammelte Lizzi.

»Alles in Ordnung?« Hinter uns ertönte nun auch noch die Froschstimme unseres Lehrers, und als ich mich umdrehte, drängte sich bereits halb Kleinkotzingen in der Tür.

»Gab es einen Unfall?« Herr Froschmaier eilte besorgt auf uns zu, aber die Zwillinge winkten ab.

»Halb so schlimm«, rief Luka.

»Aber wir …«, begann Lizzi.

Doch irgendwie schien sie niemand zu Wort kommen lassen zu wollen, jedenfalls war es jetzt mein Vater, der sie unterbrach: »Die Räder scheinen auch keinen Schaden genommen zu haben«, sagte er und stellte beide Fahrräder hin. »Auf den Schreck sollten wir jetzt aber endlich mal was essen.«

»Ich habe Ihnen Plätze frei gehalten«, erzählte Herr Froschmaier.

Und mit einem Seufzer meinerseits, einer Augenrolle

Dodoseits, einem kleinen Kopfschütteln Lizziseits und einem Nicken von Luka gingen wir im Gänsemarsch wieder hinein.

Wir setzten uns an den Tisch – ich landete zwischen Luka (gut) und Herrn Froschmaier (war ja klar – seufz!), und wir warteten auf die stumme Frau Sonne, die allerdings gerade einen Ecktisch bediente.

Im Speisezimmer kümmerten sich glücklicherweise mittlerweile alle wieder um sich selbst, keiner starrte uns mehr an. Ich lehnte mich zurück.

Zu früh gefreut!

Denn in dem Moment drehte sich Frau Sonne um und ging zurück in die Küche.

Und ich konnte sehen, wer dort am Ecktisch saß. Es war Herr Fritze, der Hausmeister unserer Schule. Um seinen Hals war ein Stacheldrahttatoo. Und mit den dunklen Augenhöhlen seiner Totenkopftätowierungen zusammen, die nämlich an seinen beiden Oberarmen prangten, starrte er mich an.

Ich bekam eine Gänsehaut.

Kapitel 6

Schnell guckte ich weg. Und direkt in Augen, die gar nicht gruselig waren. Sondern grün. Mit kleinen blaugrauen Punkten drin, die strahlten wie Klee. Glücksklee.

Lukas Augen!

»W-was …«, stammelte ich und biss mir erschrocken auf die Zunge. Warum stotterte ich denn?

»Wie bitte?«, fragte Luka.

Ich glaube, ich wurde rot. Schnell deutete ich mit dem Kinn in die Ecke und wisperte: »Was ist eigentlich mit dem Hausmeister los? Warum guckt der immer so grässlich?«

»Ja, finde ich auch«, mischte sich jetzt Lizzi ein, die uns gegenübersaß. »Voll gruselig-grässlich. Der arbeitet aber noch gar nicht so lange an der Schule.«

»Ich habe ihn mit Freuden eingestellt«, kam es nun von Herrn Froschmaier. »Ich brauchte dringend einen Hausmeister. Und er arbeitet wirklich sehr gewissenhaft.«

»Ach, der ist doch harmlos«, sagte Luka. »Oder habt ihr vor seinen Tätowierungen Angst?«

»Nein, natürlich nicht«, erwiderte Lizzi. »Aber er guckt immer so …«

»Ach, du mit deinem ewigen *Der guckt immer so*«, Luka drehte die Augen zur Decke. »Er kümmert sich in der Schule immer um die Tiere, wenn wir es nicht schaffen. In den Ferien oder am Nachmittag. Und wer Tiere mag, der kann doch gar nicht böse sein, oder?«

»Da bin ich ganz deiner Meinung!« Das kam jetzt von Susi. Als Tierärztin war es klar, dass sie das so sah.

Und mir wurde noch etwas anderes klar. Nämlich, dass man an diesem engen Tisch nichts sagen konnte, was die anderen nicht ebenfalls hörten. Also konnten wir uns hier auf keinen Fall über unsere – bisher leider erfolglose – Suche in der Scheune unterhalten.

Und als kurz darauf auch noch Lukas und Lizzis Eltern in die Gaststätte kamen, wir weitere zwei Stühle an den Tisch drängen mussten, da sagte ich dann lieber erst mal nichts mehr.

Aber so ganz schlimm fand ich es dann doch nicht, dass wir so eng zusammensitzen mussten. Denn nun musste ich mit meinem Stuhl ganz dicht an Luka heranrücken, und ich konnte ihn ganz genau betrachten. Ab und zu warf Luka mir einen seltsamen Blick zu, aber das war egal. Ich grinste ihn glücklich an.

Frau Sonne kam und nahm die Bestellung auf, schweigend natürlich, wie immer. Und es dauerte nicht lange, bis vor jedem von uns ein Teller mit dampfender Gemüsesuppe stand. Dodo legte aber schon nach drei Bissen den Löffel beiseite und guckte mal wieder schlecht gelaunt vor sich hin. Manchmal ging mir meine Freundin mit ihrer schlechten Laune echt auf den Senkel. Aber heute nicht. So mit Luka an meiner Seite – im wahrsten Sinne des Wortes – ließ ich mich heute davon nicht stören.

Papa hingegen war blendender Laune, er schwärmte nämlich jedem, der es hören wollte, von Frau Sonnes Gewächshäusern vor. Susi quasselte glücklich von Bauer Kuhns neuestem Hofzuwachs – einem Wollschwein namens Ruben –, und die Zwillinge diskutierten auf ihre ganz eigene Art, warum und ob Totenköpfe überhaupt gruselig waren.

»Weil sie tot sind, und niemand will was Totes sehen«, meinte Lizzi gerade.

»Schädelknochen sind ja wohl was ganz Natürliches«, argumentierte Luka. »Sogar du hast einen in deinem Kopf, Lizzi.«

»Ich schon«, rief Lizzi. »Aber ich frage mich schon seit Jahren, was du da wohl so drin hast – außer Luft!«

»Ha!«, machte Luka und klopfte sich an die Stirn. Es klang hohl.

Die beiden fingen an zu lachen. Ob Luka mit mir wohl auch mal so glücklich lachen würde?

Ich seufzte leise vor mich hin.

»Alles in Ordnung?« Das war Luka.

Doch wohl nicht leise genug.

Luka musterte mich von der Seite.

Und mir wurde ganz heiß. Verdammt, wurde ich etwa schon wieder rot? Ich nickte schnell, löffelte rasch weiter und versuchte mir einzureden, dass das nur von der ziemlich warmen Suppe kam. Da musste man ja ins Schwitzen kommen. Und anstatt Luka anzugucken, guckte ich lieber an ihm vorbei.

Zur Wand.

Hatte ich es schon erwähnt?

Die Wände von Frau Sonnes Gaststube waren über und über mit Fotos behängt. Die meisten anscheinend mindestens so alt wie Frau Sonne selbst, jedenfalls waren da hauptsächlich Schwarz-Weiß-Aufnahmen zu sehen und nur ganz wenige, neuere, aber trotzdem bereits vergilbte Farbfotos. Auf vielen Bildern waren Gebäude – ich gehe davon aus, dass es Bilder vom alten Kleinkotzingen waren. Ich erkannte auf einem unser Schulgebäude wieder, und auf mehreren anderen sah ich diese Gastwirtschaft.

Es gab außerdem Fotos von Menschen, Kindern, Tieren. Was eben auf Fotos so drauf ist. Ich finde, es gibt nichts Langweiligeres, als Fotos anzugucken, auf denen Leute drauf sind, die man nicht kennt.

Aber weil Luka mich noch einmal ansprach und mich noch einmal anlächelte, ich immer wieder das Gefühl bekam, mindestens so rot wie einer von den Kidneybohnenburgern zu werden, die es zur Hauptspeise gab, starrte ich am Ende fast nur noch zur Wand. Auf einem der Bilder war eine Familie mit einem Kind zu sehen. Ob das Kind wohl Frau Sonne selbst war?

Ich drehte mich also doch wieder zu Luka um und fragte ihn genau das, tatsächlich ohne zu stottern.

Im gleichen Augenblick trat die Wirtin an unseren Tisch heran, um die Teller abzuräumen. Sie hatte meine Frage wohl gehört, denn sie nickte mir kurz zu und stapelte dann die Teller zu einem Turm, um sie wegzutragen.

Herr Froschmaier sprang auf. »Frau Sonne, lassen Sie mich Ihnen doch helfen!«

Frau Sonne schüttelte energisch den Kopf.

Aber Herr Froschmaier ignorierte das. Eifrig griff er nach dem Tellerturm. Leider streifte dabei sein ziemlich dicker Bauch eine noch fast volle Wasserflasche. Die Flasche fiel um, lief natürlich aus, knallte außerdem gegen die Blumenvase, die mitten auf dem Tisch stand. Natürlich fiel auch die um. Und lief auch aus. Vor Schreck sprang Dodo auf, die den meisten Inhalt der Wasserflasche auf den Schoß abbekommen hatte, dabei rempelte sie wiederrum Herrn Froschmaier an, der dann – wie sollte es auch anders sein – die Teller fallen ließ, die er mittlerweile Frau Sonne abgenommen hatte. Die Teller fielen zurück auf den Tisch, mitten in die riesige Salatschale und …

… nun, das Chaos war perfekt.

Ich war ebenfalls aufgesprungen und wich lieber ein paar Schritte zurück, während Herr Froschmaier sich lauthals und unaufhörlich entschuldigte, alle versuchten, die Scherben aufzusammeln, und Frau Sonne unentwegt den Kopf schüttelte.

»Schau«, sagte plötzlich Lizzi neben mir und deutete auf eins der Fotos. »Das ist unser Laden.«

Auf einem etwas verwackelten Bild erkannte ich das kleine eckige Gebäude, in dem das *Kleinerlei* drin war. Aber dort stand was anderes auf dem Schild.

»Das war früher die Post!«, sagte ich.

Lizzi nickte. »Und unsere Schule war einfach nur ein Wohnhaus eines reichen Geschäftsmanns.« Sie zeigte auf das entsprechende Foto. »Und dieses Gebäude«, sie machte eine ausladende Bewegung mit beiden Armen, »das war ganz früher die Dorfschule.«

»Und die Mama von Frau Sonne sieht aus wie Frau Sonne heute!«, stellte ich fest.

Ich bemerkte, dass die kleine Frau Sonne auf ziemlich vielen Bildern drauf war, manchmal mit ihren Eltern, aber ganz oft mit anderen Kindern. Wie es wohl war, sein ganzes Leben in so einem winzigen Dorf gelebt zu haben?

»Oh«, machte Lizzi neben mir. »Guck mal!«

Auf dem Foto, das Lizzi so eingehend betrachtete, dass sie fast mit der Nase daran stieß, waren drei Kinder und ein Dackel zu sehen, die lachend in die Kamera guckten. Na gut, zumindest die beiden Mädchen auf dem Foto lachten, der Junge nicht. Er guckte auch gar nicht in die Kamera. Er betrachtete etwas, das er in der Hand hielt.

Jetzt presste ich meine Nase auch fast auf die verblasste Fotografie. »Hat der da etwa eine Feder in der Hand?«, fragte ich.

Lizzi sog hörbar die Luft ein. »Das ist der Kamitzki«, wisperte sie aufgeregt.

»Was? Woher willst du das wissen?«, fragte ich.

»Die abstehenden Ohren! Die sind unverkennbar!«, wisperte Lizzi.

Ich drehte mich um. Ich wollte Dodo das Foto zeigen. Aber Dodo war dabei, das durchnässte Tischtuch vom Tisch zu nehmen. Überhaupt waren alle dabei, das Durcheinander zu beseitigen. Nur Frau Sonne beobachtete uns. Nachdenklich glitten ihre Augen von der Fotografie zu mir. Für einen Moment hatte ich das Gefühl, dass sie etwas sagen wollte. Sie öffnete sogar den Mund.

Aber Frau Sonne sprach doch nie.

Oder?

Und dann war der Moment vorüber.

Frau Sonne beugte sich herunter, hob ein paar Scherben auf und ging langsam und ohne einen weiteren Blick in unsere Richtung zurück in die Küche.

Kapitel 7

»Ich glaube, Frau Sonne weiß was«, sagte ich zu Dodo, als wir nach dem Mittagessen wieder zu Hause waren. Wir hatten uns auf die Bank neben die Haustür gesetzt.

»Unsinn«, winkte Dodo ab.

»Doch«, widersprach ich ihr. »Das habe ich letztens schon gedacht, weißt du noch? An dem Tag, als alle hier plötzlich auf den Hof kamen. An dem Tag, an dem wir alles wieder zurechtgerutscht hatten.«

Dodo schüttelte nur den Kopf und antwortete nicht. Typisch. Bloß kein Wort zu viel sagen. Ich nahm mir also vor, meine Vermutungen in unser Notizbuch einzutragen. Ich stand auf und fragte: »Wollen wir dann gleich ein bisschen für Bio lernen? Bis Luka kommt? Äh, bis die Zwillinge kommen?« Die waren nach dem Essen noch mal mit ihren Eltern ins *Kleinerlei* gefahren und wollten später nachkommen.

»Lass mich doch mit Bio in Ruhe«, motzte Dodo. »Es ist Wochenende.«

»Dann eben nicht«, sagte ich und stand auf. Ich hatte gerade die Haustür geöffnet, als es hinter mir rumpelte. Erschrocken fuhr ich zusammen. Und Dodo fuhr in die Höhe.

Ein Laster polterte auf den Hof und kam dort mit quietschenden Reifen zum Stehen. Der Fahrer stieg aus, drehte sich suchend um und hob grüßend die Hand, als er uns erblickte: »Hallo«, rief er. »Ich habe eine Lieferung.«

Ich bekam sofort Herzklopfen und ergriff Dodos Hand. Mit genau diesen Worten hatte unser letztes Zeitreiseabenteuer nämlich erst angefangen. Allerdings war es diesmal ein anderer Liefertyp und auch ein anderer Lieferwagen.

Trotzdem kam mir ein Gedanke. Ein Gedanke, der mir einen kalten Schauer über den Rücken bescherte: »Dodo«, wisperte ich, während wir auf den Mann zugingen. »Was ist eigentlich aus den Gänsen geworden?«

Dodo warf mir einen Blick zu. »Alle Tiere sind wieder aufgetaucht, nachdem wir alles wieder zurechtgerutscht hatten«, sagte sie.

Und ich nickte aufgeregt: »Alle: Lizzis Hund, unser Pony, Bauer Kuhns Kühe und unsere Schulkuh. Aber die Gänse nicht. Wo sind die Gänse geblieben?«

Mir wurde heiß und kalt abwechselnd. Dodo zuckte mit den Schultern.

»Haben wir was übersehen? Haben wir doch nicht alles wieder zurückgerutscht?«, wisperte ich.

Dodo antwortete nicht. In diesem Moment hatten wir

den Lieferwagen erreicht. Der Liefertyp öffnete die Klappe hinten am Wagen und begann etwas auszuladen.

Waren das etwa …?

»Ah, meine Bäume!«, ertönte da auch schon die fröhliche Stimme von Papa hinter uns. Er kam aus dem Haus und forschen Schrittes auf uns zu. Er trug Gummistiefel, ein Karohemd und in jeder Hand einen Spaten. Er sah heute ganz und gar wie ein Bauer aus einem Bilderbuch aus.

»Ich pflanze eine kleine Obstbaumplantage!« Und mit diesen Worten drückte er uns jeweils einen Spaten in die Hand und begann dem Liefertypen zu helfen. »Apfel, Birne und Pflaume«, erklärte er noch in unsere Richtung.

»Was ist mit deinen Gemüsebeeten?«, erkundigte ich mich.

»Ach, das mache ich lieber im Frühjahr«, sagte Papa und hob sich eins der dünnen Bäumchen auf die Schulter. »Jetzt ist es sowieso zu spät im Jahr, um noch eine echte Ernte zu bekommen. Helft ihr mir? Ich möchte die Bäume dahinten neben Susis Praxis einpflanzen.«

»Och …«, begann ich. Eigentlich wollte ich sofort wieder in mein Zimmer, noch einmal das Notizbuch und das Phönixfederkästchen untersuchen und meine neuesten Vermutungen aufschreiben. Dann wollte ich in die Scheune und weitersuchen. Die Rutsche studieren und auf Luka warten …

»Na, kommt schon!«, forderte Papa uns auf.

»Kann nicht Susi helfen?«, fragte ich.

»Susi ist bei einem kranken Wollschwein«, sagte Papa. »Es dauert auch nicht lange. Ich habe schon die Löcher vorgegraben. Wir müssen also nur noch die Bäume reinstellen, alles wieder zugraben und dann anwässern!« Papa strahlte mit der Sonne um die Wette.

Wie sollte man da auch nein sagen?

Papas *Nur noch* entpuppte sich allerdings als ein ganzes Stück Arbeit, nämlich fast zwei Stunden Schufterei. Doch endlich – verschwitzt, mit erdverkrusteten Händen und einem halben Beet unter den Fingernägeln, ziemlich durstig und auch ein bisschen hungrig – entließ uns mein Vater, während er stolz vor seiner Plantage stand und sie glücklich betrachtete.

Wir gingen hinter Susis Tierarztpraxis zurück. Von hier kamen wir über die Terrasse ins Haus und damit direkt ins Wohnzimmer. Abwechselnd wuschen wir uns die Hände im Gästebad, durchforschten den Kühlschrank nach den Resten vom Frühstück, fielen hungrig über unsere Ausbeute her, tranken jeder mindestens einen halben Liter selbst gemachte Zitronenlimonade und fühlten uns dann endlich wieder einigermaßen gestärkt.

Wortlos rannten wir dann die Treppe hinauf, an meinem Zimmer vorbei und in Dodos. Sie bewahrte das flache Kästchen in ihrem Geheimversteck auf. Das war unter einer der gebrochenen Bodendielen, die man einfach hochheben konnte. Darunter war ein kleiner, schmaler

Hohlraum. Gerade groß genug für das Kästchen, für unsere eigenen Notizen und die vom Kamitzki.

Wir hatten die Dinge gerade herausgeholt, als ich ein Geräusch hörte.

»Was war das?«, fragte ich erschrocken.

»Was denn?«, sagte Dodo.

»Da!« Ich deutete Richtung Flur.

»Wa…?« Dodo verstummte.

Und ich sprang auf. »Da ist jemand in meinem Zimmer!«

Kapitel 8

Zusammen schlichen wir über den Flur und lugten vorsichtig durch die nur angelehnte Tür in mein Zimmer. Vielleicht hatte der Hahn sich wieder dorthin verirrt, überlegte ich kurz. Wäre schließlich nicht das erste Mal gewesen.

»Wahnsinn«, johlte aber in dem Moment eine mir mittlerweile sehr bekannte Stimme.

Und mein Herz klopfte gleich noch schneller, als es nach dem Schreck sowieso schon vor sich hin hämmerte. Ich stieß die Tür auf. »Luka?«

»Lizzi?«, kam es von Dodo gleichzeitig.

Mitten in meinem Zimmer standen die Zwillinge. Und fuhren bei unseren Worten zu uns herum.

»Was macht ihr denn hier?«, fragte Dodo, während ich sagte: »Wo kommt ihr denn jetzt her?«

Lizzi sah aus, als wäre sie gerade einen Marathon gelaufen. Ihre Wangen waren rot, ihre Frisur verzwirbelt. Auch Lukas Haare standen in alle Himmelsrichtungen ab. Seine Augen leuchteten. Und als dieser Leuchteblick auf mich fiel, setzte mein Herz mitten im Galopp kurz einmal aus. Ich fing an zu kichern.

Lizzi musterte mich überrascht.

»Wir haben gar nichts gehört«, sagte Dodo. »Habt ihr geklingelt?«

»N-nein.« Lizzi klang ganz atemlos – so wie sie eben auch aussah. »Wir ha-haben euch gesucht.«

Die Zwillinge warfen sich einen Blick zu.

»Wir dachten, wir könnten in der Scheune weitersuchen«, fuhr Lizzi dann schnell fort.

»Und ich finde, wir sollten die Rutsche aufsägen«, meinte Luka. »Wenn da wirklich Federn eines Fabelwesens drin sind … ja, das ist doch der Wahnsinn!«

»Ich könnte dir beim Sägen helfen«, sagte ich und stellte mich neben ihn.

»Unsinn!« Lizzi zeigte mir einen Vogel und warf mir einen nachdenklichen Blick zu. »Wir sägen die Rutsche nicht auf.«

»Aber …«

»Wollt ihr denn wirklich die Zeitrutsche kaputt machen?«, fragte Dodo.

Die Zwillinge schüttelten die Köpfe und ich dann auch.

»Vielleicht keine schlechte Lösung«, meinte Dodo dann, und Lizzi guckte Dodo erstaunt an.

»Lösung?«, hakte sie nach. »Was meinst du denn damit?«

»Dieser ganze Zeitreisemist nervt doch«, erwiderte

Dodo. Dann hob sie lustlos die Hand. »Ich gehe in mein Zimmer.«

»Aber wollten wir nicht weitersuchen?«, fragte Lizzi verwirrt.

Weil Dodo nicht antwortete, tat ich es für sie. Wie so oft. »Ach, lasst die doch. Wir fangen einfach schon mal ohne Dodo an, ja? Luka? Kommst du?« Ich griff nach seinem Arm und zog ihn die Treppe hinunter und in den Hof.

Lizzi folgte uns etwas langsamer.

Am Scheunentor fragte sie mich: »Ella, was ist denn mit Dodo los?«

»Was meinst du?«

»Ist ihr eine Laus über die Leber gelaufen? Ist irgendwas passiert?«, fragte sie.

»Was soll passiert sein?«, sagte ich. »Dodo ist einfach Dodo: schlecht gelaunt, bocklos und langweilig.«

»Was?« Lizzi war stehen geblieben.

»Du kennst doch Dodo«, entgegnete ich und zog Luka in die Scheune.

Lizzi zögerte, dann drehte sie sich um und rief uns zu: »Fangt schon mal an. Ich rede noch mal mit Dodo.«

Ich grinste. Jetzt hatte ich Luka ganz für mich allein. Leider beachtete er mich gar nicht so richtig, sondern kämpfte sich über Kisten und Gartenstühle, die durch unsere Suche nun überall im Weg lagen, weiter nach hinten.

Und weil er nichts sagte, erzählte ich ihm von der Sache mit den nicht wieder zurückgekehrten Gänsen. »Gruselig«, flüsterte ich, als ich fertig war. »Findest du nicht, Luka?«

Luka aber reagierte nicht, vielleicht hatte er aber auch gar nichts mitbekommen. Er kippte nämlich gerade den Inhalt einer alten Schuhschachtel aus – Pingpongbälle in allen Farben hüpften daraufhin auf dem zerbröckelten Betonboden der Scheune herum, und Luka versuchte, sie wieder einzufangen.

»Ich helfe dir«, rief ich sofort und hechtete den Bällen hinterher.

Gleichzeitig griffen wir beide nach einem orangen Ball, der gerade dabei war, unter eine verrostete Schubkarre zu rollen, und unsere Köpfe stießen zusammen.

»Aua«, entfuhr es Luka. Er rieb sich die Schläfe.

Aber ich spürte keinen Schmerz. So nah war ich Luka noch nie gekommen. Glücklich lächelte ich ihn an.

Luka betrachtete mich verwundert. Er machte den Mund auf. Bestimmt wollte er etwas zu mir sagen. Erwartungsvoll starrte ich ihn an.

In diesem Moment kam Lizzi in die Scheune, Dodo im Schlepptau.

»He, hast du gehört?«, sagte Luka zu seiner Schwester und drehte sich von mir weg.

»Was denn?«, fragte sie, während ich enttäuscht die Schultern hängen ließ.

»Na, die Gänse sind weg«, antwortete Luka und wiederholte, was ich ihm erzählt hatte. Also hatte er mir doch zugehört, dachte ich und fühlte mich schon wieder etwas besser.

»Wir müssen dringend dahinterkommen, wie das mit den Zeitsprüngen funktioniert. Warum der Hahn oder Federn …«, sagte Luka.

»Federn!«, unterbrach Lizzi ihn. »Gänse haben auch Federn!«

»Ja!« Luka nickte aufgeregt. »Vielleicht sind sie deswegen nach wie vor verschwunden oder …«

»Immer noch verwandelt«, fiel ich ihm ins Wort.

»Aber in was?«, überlegte Lizzi laut.

»Wir müssen suchen«, murmelte ich, nachdem wir uns alle eine Weile schweigend angeguckt haben. »Wir brauchen Kamitzkis Notizen.«

»Oder wir rutschen«, schlug Luka vor. »Wenn nur einer rutscht und die anderen …«

»Nein!« Ich schrie fast. »Niemals!«

Lizzi zuckte zusammen. »Sag ich doch die ganze Zeit, Luka. Das ist alles echt gruselig und gefährlich!«

»Hm«, machte Luka nur. »Dann suchen wir weiter.«

»Sag doch auch mal was, Dodo«, forderte ich meine Stiefschwester auf.

»Wenn wir nichts finden, umso besser. Mir geht diese nutzlose Suche sowieso auf den Geist!«, sagte sie.

»Das ist ja mal wieder so typisch«, rief ich. »Nie hast du zu was Lust und immer verbreitest du total schlechte Lau…«

»Das ist doch nicht typisch, das ist …«, begann Lizzi und fuchtelte wild mit den Armen und verstummte dann, als Luka sie anguckte.

»Wir müssen aber was finden«, widersprach er Dodo.

»Lasst uns weitersuchen«, stimmte ich ihm zu und begann weiter durch den Scheunenschrott zu wühlen.

Lizzi stand einen Augenblick unschlüssig herum und guckte von mir zu Dodo und zurück. Dodo setzte sich mit dem Rücken an die Scheunenwand und murmelte was von: »Dann sucht doch und lasst mich in Ruhe.«

Luka und Lizzi flüsterten sich aufgeregt etwas zu und machten sich wieder auf den Weg in den hinteren Teil der Scheune. Leider konnte ich nicht verstehen, worüber sie sprachen. Nur einmal wurde Lizzi etwas lauter und ich hörte meinen Namen. Neugierig schlich ich mich näher, aber jetzt schwiegen sie. Lizzi sah wütend aus. Und Luka? Mist. Er hatte sein Gesicht weggedreht. Hatte er etwas über mich gesagt?

Was bloß?

Dodo tippte mir von hinten auf die Schulter, und vor Schreck machte ich mir fast in die Hose. Dabei wollte sie mir nur mitteilen, dass sie rausgehen wollte.

»Dann geh doch«, murmelte ich leise.

Als ich mich wieder umdrehte, waren die Zwillinge verschwunden.

»Luka?«, rief ich. »Lizzi?« Ich lugte über die Autoreifen, konnte aber niemanden entdecken. Das kleine Fenster an der Scheunenseitenwand stand offen. Waren sie dadurch hinausgeklettert? Aber warum? Ich rief noch mal. Keine Antwort. Ich ging wieder nach vorne zum Scheuneneingang und fragte Dodo, die gerade über den Hof zum Haus schlurfte, ob sie die beiden gesehen hatte.

Dodo schüttelte den Kopf.

Suchend blickte ich mich um. Niemand war zu sehen. Unentschlossen stand ich einen Augenblick herum, dann folgte ich Dodo ins Haus. Vielleicht waren die Zwillinge ja dort? Auf Toilette oder so?

Die Sonne war mittlerweile hinter ein paar Wolken verschwunden.

Aber die Zwillinge waren weder im Bad noch oben in unseren Zimmern. Sie waren nicht in der Küche oder im Wohnzimmer. Ich fand sie auch nicht in Susis Praxis oder bei Papas neu gepflanzten Mango- und Papayabäumen.

Letztendlich ging ich etwas ratlos wieder zur Scheune zurück und dann einmal um sie herum.

Auf der Rutsche saß der Hahn. Und daneben standen die beiden. Lizzi sah blass aus. Lukas Wangen hingegen sahen aus, als hätte jemand Rouge auf sie geschmiert. Erschrocken fuhren sie zu mir herum, als ich um die Scheunenecke bog.

»He«, rief ich. »Wo wart ihr?«

»Wir …«, begann Lizzi.

»Wir machen eine Pause«, sagte Luka, als Lizzi nicht weitersprach.

Lizzi nickte.

Mit einem Mal begann es zu regnen.

Ich schaute hinauf in den wolkenbehangenen Himmel. Dann drehte ich mich zur Rutsche, dann zu den Zwillingen und dann zum Hahn.

»Ihr seid gerutscht?!«, wisperte ich.

Kapitel 9

»Nein!« Luka schüttelte den Kopf. »Wir sind nicht gerutscht! Wirklich nicht!«

»Ich glaube dir«, säuselte ich und ergriff Lukas Hand.

Wir hatten in der Küche Unterschlupf gesucht, denn mittlerweile war aus dem Regen ein richtiges Gewitter geworden. Dodo saß dort bereits am Küchentisch, als wir reinkamen.

»Nein!«, echote Lizzi nun, schüttelte ebenfalls den Kopf, so sehr, dass sie endlich wieder ein bisschen Farbe in ihr Gesicht bekam.

Aber vielleicht lag das auch an dem Kakao, den ich gemacht hatte.

»Immer wenn wir gerutscht waren, spielte das Wetter verrückt«, erinnerte ich die Zwillinge. »Und deshalb dachte ich …« Ich guckte vielsagend zum Fenster. »Aber wenn Luka sagt, ihr seid nicht …«

»Der Herbst kommt langsam, aber sicher!« Susi wirbelte in die Küche. Sie war klitschnass, aber das schien sie nicht zu stören. Sie stellte einen großen Karton ab und sagte: »Wir brauchen dringend einen ordentlichen Stall für Molli.« Sie öffnete den Schrank unter dem Spülbecken, holte einen Eimer hervor und guckte uns erwartungsvoll an. »Helft ihr mir, das Pony in meine Praxis zu bringen? Sie hat bei dem Gewitter Angst, und im Wartezimmer ist genug Platz für sie!«

Bei dem Wort *Angst* war Lizzi sofort aufgesprungen. »Ich bringe sie rüber«, sagte sie und war schon losgerannt, bevor Susi den Satz zu Ende sprechen konnte.

Von uns allen war es Lizzi, die das Pony am meisten liebte. Ich glaube, dass Lizzi Tiere sogar noch mehr mochte als Susi. Und das sollte was heißen! Luka war nett zu Tieren, ich fand sie auch okay und Dodo, nun, Dodo fand Tiere doof, wie alles andere auch. Dodo fand eben einfach alles doof.

»Gut«, fuhr Susi fort. »Luka, du besorgst bitte Heu aus der Scheune, Ella, du holst Futter aus dem kleinen Schuppen.« Sie drückte mir den Eimer in die Hand. »Und du, mein Schatz, besorgst ein Tuch, damit wir sie trockenreiben können, ja?«

Dodo stöhnte, ganz so, als müsse sie erst eigenhändig ein Tuch stricken, machte »Pff« und verschwand dann trotzdem aus der Küche.

Es dauerte eine Weile, bis wir das verschreckte Pferd – es donnerte nämlich mittlerweile ganz in der Nähe – endlich in der Praxis hatten. Und als es mit Futter und Wasser versorgt war, wir es unter Susis Aufsicht abgerieben hatten, da verabschiedeten die Zwillinge sich auch leider sofort.

»Aber wir müssen doch noch ein paar Dinge besprechen!« Ich versuchte Luka aufzuhalten und griff nach seiner Hand. »Wir wollten doch noch suchen und …«, fing ich an.

Aber die beiden winkten ab. Irgendwie schienen sie es mit einem Mal eilig zu haben. Und wenn es nicht völlig untypisch wäre, dann hätte ich sogar gedacht, dass sie erleichtert waren, als sie endlich vom Hof radelten. Dabei regnete es immer noch in Strömen.

Ich schaute Luka so lange nach, bis er nicht mehr zu sehen war. Dann folgte ich Dodo seufzend aus der Küche. Doch kaum hatte ich die Tür erreicht, raschelte es hinter mir.

Ich drehte mich um.

Der Karton, den Susi mitgebracht hatte, bewegte sich! Schnell lief ich zurück und linste hinein.

Eine kleine graue Katze lag darin auf einem alten Pullover und schlief tief und fest. Bestimmt hatte Susi sie von einem der Nachbarhöfe mitgenommen, um sie aufzupäppeln. Vorsichtig klappte ich den Karton wieder zu und ging in mein Zimmer.

Durch das Gewitter war es dunkel. Und ich fühlte mich erschöpft und müde, so als würde mein Körper denken, dass es längst Schlafenszeit war. Trotzdem setzte ich mich noch einmal an meinen Schreibtisch und betrachtete die

Formel für die Beschleunigung, die ich mir aus Dodos Formelsammlung abgeschrieben hatte.

Ich ging rüber in ihr Zimmer und blieb im Türrahmen stehen. Dodo lag auf dem Bett und hatte die Augen zu. »Dodo?«, fragte ich. »Was machst du da?«

»Wonach sieht es denn aus?«, murrte sie.

»Denkst du, die Zwillinge sind gerutscht?«, fragte ich.

Es regnete immer noch, und der Regen peitschte gegen das Fenster.

»Keine Ahnung«, sagte sie.

»Aber …?«

»Wir sollten das alles sein lassen!« Dodo hatte die Augen geöffnet, guckte aber zur Decke. »Wir können doch froh sein, dass wir alles wieder zurechtrutschen konnten.«

»Aber die Gänse sind weg!«, rief ich.

»Ach, lass doch die doofen Gänse!« Dodos Stimme klang schrill. »Ich gehe jetzt ins Bett.«

»Aber du bist doch schon im Bett!«

Doch Dodo stand einfach auf, kam auf mich zu und schlug mir die Tür vor der Nase zu. Überrascht starrte ich auf die Tür, atmete tief durch und ging schließlich zurück zu meinem Zimmer. Auf dem Weg dorthin hörte ich von unten ein klägliches, leises Miauen.

Also lief ich erst mal wieder runter. Am Treppenansatz stand das kleine Kätzchen und versuchte, die Stufe hochzukommen, aber seine Beinchen waren einfach noch zu kurz.

»Susi?«, rief ich. Doch meine Stiefmutter antwortete nicht. Also schnappte ich mir das kleine weiche Tier und trug es hinauf in mein Zimmer. Und während sich das Kätzchen zufrieden auf meinem Schoß zusammenrollte, versuchte ich in Dodos Formelsammlung nach den Formeln zu suchen (es gab welche für Beschleunigung und Geschwindigkeit und Weg!), verglich die Buchstaben und Zahlen von der Rutsche damit und merkte schnell, dass ich eigentlich mal wieder gar nichts verstand. Frustriert nahm ich mir unser Notizbuch vor und schrieb wenigstens das auf, was ich heute beobachtet hatte.

Was wir unbedingt klären müssen:

- 17.45 Uhr Gewitter, nachdem ich die Zwillinge an der Rutsche gefunden habe – mit dem Hahn!
- Vorher waren die Zwillinge spurlos aus der Scheune verschwunden – oder sind sie einfach aus dem Fenster geklettert?
- Sind sie heimlich gerutscht?
- Aber wenn Luka was sagt, dann glaube ich das. Luka würde mich nie anlügen. Luka ist einfach toll.
- Wo sind die Gänse abgeblieben?

· Kannte Frau Sonne den Kamitzki? Warum spricht sie nicht? Konnte sie einmal sprechen und wollte sie heute irgendwas sagen? An dem Tag, an dem wir alles wieder zurechtgerutscht hatten – hatte Frau Sonne uns da nicht ganz genau beobachtet?

Ich blätterte um, starrte auf die leere Seite und begann wie verrückt, mit dem Stift auf das Papier zu tippen. Meine Gedanken kreisten um die Gänse und Frau Sonne und Federn und die Rutsche und um Luka und zurück.

Die kleine Katze rekelte sich auf meinem Schoß.

»Aua«! Anscheinend hatte sie noch nicht gelernt, die Krallen einzuziehen.

Ich blickte auf das Notizbuch.

Ich hatte gar nicht gemerkt, dass ich die ganze Zeit weitergeschrieben hatte. Die gesamte Notizbuchseite hatte ich vollgekritzelt: In den unterschiedlichsten Schriftarten, mit Schnörkeln und Kringeln und ziemlich vielen Herzchen, stand dort nur ein Wort geschrieben:

Luka.

Kapitel 10

Am nächsten Morgen weckte mich nicht Susi, die an Schultagen ansonsten gerne fröhlich ins Zimmer rauschte und einen wach kitzelte. Es war auch nicht der Hahn, der krähte wie ein Verrückter, sodass einem nichts anderes übrig blieb, als genervt in die Höhe zu fahren.

Nein, irgendjemand hämmerte da draußen wie blöd herum. Ich drehte den Kopf, um auf die Uhr neben meinem Bett zu gucken. Und blickte in zwei kleine graue und sehr wache Augen.

»Guten Morgen, Katze«, sagte ich und kraulte die kleinen spitzen Ohren. »Du brauchst dringend einen Namen.«

Die Katze gähnte und streckte sich.

Kein Wunder. Es war gerade mal halb fünf. Mitten in der Nacht. Normalerweise stand ich auch an Schultagen ganz bestimmt nicht vor sieben Uhr auf.

Ich rappelte mich auf und stellte mich ans Fenster. Es war noch nicht einmal ganz hell, eher so morgengräulich.

Papa, auch heute in Karohemd und Gummistiefeln, mit

einem Hammer in einer Hand und einer langen Holzlatte in der anderen, stand zwischen seiner Obstbaumplantage und Susis Praxis und nagelte das Brett an die Außenwand dort fest.

Ich öffnete das Fenster. »Papa, was machst du denn da?«, rief ich zu ihm hinunter.

Aber vor lauter Hämmern hörte er mich nicht. Kurz überlegte ich, ob ich mich wieder hinlegen sollte. Aber in dem Moment schlug Papa besonders schnell und besonders hart drauflos, sodass an Schlaf gar nicht mehr zu denken war.

Also zog ich mir eine Jacke über und Schuhe an und stolperte prompt über unser neues Haustier, das wohl auch gerade losgelaufen war. Kurzerhand schnappte ich mir die kleine Katze, setzte sie unten am Treppenabsatz wieder ab und lief hinaus in den Hof.

Es roch, wie es auf dem Land nach einem Gewitter im Sommer so riecht: frisch und trotzdem nach Bauernhof, es roch nach Feuchtigkeit und Sommer und frischem Gras – und auch ein bisschen nach Mist und Gülle und Pferdeäpfeln.

»Papa!«

Jetzt, als ich direkt neben ihm stand, hörte er mich endlich und legte den Hammer beiseite. »Ella, guten Morgen!«

»Was machst du da?« Ich deutete auf die Bretter, die er zusammennagelte.

»Ich baue Molli einen Offenstall«, sagte er.

»Aber warum tust du das um diese Uhrzeit?«, fragte ich. »Es ist doch fast noch Nacht?«

»Der frühe Vogel fängt den Wurm«, sagte er, schnappte sich einen Nagel und hämmerte weiter drauflos.

»Der frühe Vogel hat einen Knall«, murmelte ich, seufzte und trottete zurück ins Haus. Wenn Papa ein Projekt hatte, dann kannte er keine Pause. Und anscheinend kannte er auch nicht die Schlafenszeiten anderer Leute. Ich gähnte.

Dodo und Susi waren noch nicht aufgetaucht, trotz der andauernden Hammerschläge. Nur das Kätzchen miaute. Schnell machte ich ihm ein Schälchen mit Milch, setzte mich mit einem Kakao an den Tisch und überlegte, wie wir nun endlich irgendwie weiterkommen konnten. Unsere Suche in der Scheune hatte bisher nichts ergeben. Klar, es gab noch etliche Kisten, Kästen und Kartons, die wir noch nicht geöffnet hatten. Aber was wäre, wenn wir gar nichts mehr finden würden? Was sollten wir dann tun? Ich wurde langsam ungeduldig. Da hatte man eine Zeitmaschine und konnte sie nicht benutzen?

Ich schielte zum Kühlschrank. Dort hing die Visitenkarte von Katharina Kamitzki. Sollten wir sie anrufen? Wenn jemand den Kamitzki kannte und wichtige Informationen hatte, dann ja wohl seine Schwester.

Und was wusste Frau Sonne? Wusste sie überhaupt etwas?

Wir mussten unbedingt und ganz dringend noch einmal die Fotos in ihrer Gastwirtschaft genauer untersuchen. Und wo, verdammt noch mal, waren denn nun die Gänse?

Und Luka … ich grinste träumerisch vor mich hin.

Lukas Lächeln, das war das netteste Lächeln, das ich kannte. Ach was, es war das netteste Lächeln, das es auf der Welt gab. Vielleicht sollte ich ihn fragen, ob er mit mir zu Frau Sonne gehen würde, so ganz ohne Lizzi. Nur wir zwei, zum Essen und …

Platsch!

Vor Müdigkeit musste ich kurz eingenickt und dabei immer tiefer im Stuhl nach unten gerutscht sein. Die Tasse war mir aus der Hand gefallen und lag nun auf dem Küchenboden, zersprungen in etliche Scherben. Der Kakao war in meinem Schoss gelandet.

Fluchend sprang ich auf, und das Kätzchen flitzte erschrocken aus der Küche davon. Und auch ich fuhr erschrocken herum, als es direkt hinter mir plötzlich raschelte: Der Hahn war auf die Fensterbank geflattert. Mit einem weiteren Flügelschlag landete er auf dem Küchentisch.

»Kikeriki!«, machte er. Seine kleinen dunklen Augen starrten mich an.

Ich starrte zurück. »Was können deine Federn?«, fragte ich ihn, während ich die Scherben vom Boden aufhob. »Und warum können die das?«

»Gackgackgack«, kam es vom Hahn.

»Und was hat es überhaupt mit den Federn auf sich?«, fuhr ich fort.

»Sprichst du jetzt schon mit Hühnern?« Dodo kam in die Küche geschlurft und plumpste mit einem Ächzen auf einen Stuhl.

»Ich hatte gerade einen verrückten Gedanken«, sagte ich. »Was ist, wenn der Hahn der Kamitzki ist?«

»Hm?« Dodo blinzelte mich verständnislos an.

»Kikeriki«, kam es vom Hahn.

»Vielleicht hat der Kamitzki sich auch in der Zeit verrutscht, so wie wir. Und sich dann in einen Hahn verwandelt.« Ich lachte. »Dieser Hahn ist doch irgendwie immer da. Und ist dir schon mal aufgefallen, wie oft der auf der Rutsche ist? Überhaupt, der Hahn war doch der Grund, dass unser Zeitrutschen überhaupt erst so schiefgegangen ist. Oder?«

Dodo hob die Schultern.

Aber mehr kam nicht von ihr. Wie immer war sie so überhaupt keine Hilfe. Aber bevor ich mich beschweren konnte, rauschte Susi im wehenden Nachthemd in die Küche und strahlte mit der Sonne vor dem Fenster, die es nun endlich bis über das Scheunendach geschafft hatte, um die Wette.

»Was für ein Tag!«, flötete sie. »Was für ein Morgen!«

Ich verdrehte die Augen, und Dodo schlurfte wortlos wieder hinaus. Einen Augenblick später folgte ich ihr, ich musste endlich meinen kakaogetränkten Schlafanzug ausziehen.

Hinter mir sprach Susi nun auch mit dem Hahn. »Und

du, mein Lieber«, hörte ich sie sagen, »fliegst mal besser wieder hinaus.«

Eine halbe Stunde später saßen wir endlich auf unseren Rädern und radelten zur Schule. Dodo war wie gewohnt schweigsam, aber auch ich hing meinen Gedanken nach. Seltsamerweise endeten meine Gedanken immer wieder an einem Punkt. Nein, nicht bei der Rutsche. Und auch nicht bei Federn oder Phönixen. Nicht beim Hahn oder den verschwundenen Gänsen. Auch nicht bei Frau Sonnes Fotos oder Frau Kamitzkis Glasauge.

Meine Gedanken endeten immer wieder bei Luka.

Und als wir an der Kirche und der hohen Buchsbaumhecke vorbeifuhren, da meinte ich sogar für einen Moment, Lukas Kopf auf der anderen Heckenseite gesehen zu haben, der sich allerdings in die entgegengesetzte Richtung bewegte. Schnell flitzte ich um die Ecke und schaute nach. Aber es war niemand mehr zu sehen.

Bestimmt hatte ich mir das nur eingebildet, weil ich gerade an ihn gedacht hatte.

Schließlich ging es zur Schule ja in die andere Richtung.

Kapitel 11

Erste Stunde Sport. Und das bei dieser Hitze. Also, wenn man da nicht wach wird, dann weiß ich auch nicht. Besonders, wenn Fußball auf dem Plan steht.

Vor den Umkleidekabinen wirbelte der Hausmeister im Fischrippenunterhemd mit seinem Wischmopp herum und sah dabei ein bisschen aus, als würde er mit seinen Putzsachen tanzen. Die Fischschwänze der Meerjungfrauen, die er auf seine Oberarme tätowiert hatte, zuckten bei jeder Bewegung wie im Takt mit. Kurz nickte er uns zu, als unsere Klasse im Gänsemarsch durch die Tür ging, und ich grinste ihn an.

Nachdem wir uns alle umgezogen hatten, trafen wir Mädchen die Jungs auf der Kuhwiese hinter der Schule. Sie war gleichzeitig der Sportplatz, und deswegen mussten wir als Erstes unsere Schulkuh Lotte zurück in den Stall bringen, damit sie nicht im Weg stand.

»Hallo, Lizzi«, begrüßte ich den einen Zwilling und guckte suchend hinter sie. »Wo ist denn Luka?«

»Hmpf«, grummelte die nur und zupfte ihre kurze Hose zurecht.

Und als Dodo dann neben Lizzi auftauchte, konnte man tatsächlich denken, die beiden hätten sich zu einem Schlechte-Laune-Tag verabredet. Beide murrten um die Wette und verzogen die Münder.

Ich blickte zu den Jungs, die nun aus ihrer Umkleide getrottet kamen, aber Luka war nirgends zu sehen.

Herr Froschmaier, eine Pfeife im Mund, rief zur Ordnung auf und teilte uns in zwei Mannschaften ein. Und noch bevor sich irgendjemand über die Aufteilung beklagen konnte, pfiff er noch mal, und das Spiel begann.

Als ich in der Grundschule war, da hatten Dodo und ich kurz einmal zusammen Fußball im Verein gespielt. Damals hatten wir uns übrigens so richtig angefreundet. Und bis heute mochte ich diese Sportart. Deswegen hatte ich auch noch ein paar Tricks auf Lager.

Es dauerte also gar nicht so lange, da hatte ich mir den Ball von Dodo erobert, die in meiner Gegenmannschaft gelandet war und den Ball sowieso nur ziemlich lustlos vor sich hingeschoben hatte. Ich rannte auf das gegnerische Tor zu, was ein bisschen wie ein Slalomlauf war, denn ich musste dem einen oder anderen Kuhfladen ausweichen.

In besagtem Tor stand Lizzi und guckte überallhin, nur nicht auf das Spielfeld. Sie schien mich gar nicht auf dem Schirm zu haben, auch wenn ihre Mannschaft ihr jetzt zuschrie, sie solle doch bitte aufpassen.

Ich preschte also vor. Noch ein paar Schritte, dann war ich nah genug, dann würde ich schießen können.

Freie Bahn!

Die Abwehr der Gegner schien im Tiefschlaf zu sein.

Jetzt.

Ich holte mit meinem Bein aus, meine Augen erst auf das Tor, dann auf den Ball gerichtet. Und ich trat zu.

Den Ball traf ich allerdings nicht.

Ich traf …

Zack!

»AAH!«

»OOH.«

Ich spürte einen heftigen Schmerz an meinem Kopf. Ich musste die Augen für einen Moment zugemacht haben, denn als ich sie wieder öffnete, da sah ich …

… Luka.

Luka?

Er lag vor mir im Gras, rieb sich den Kopf und das Schienbein abwechselnd und stöhnte vor Schmerzen.

»Luka?«, krächzte ich völlig perplex.

Wie aus dem Nichts musste er vor mir aufgetaucht sein. Er stöhnte erneut auf. Und ich machte mir vor Schreck und meinen eigenen Schmerzen fast in die Turnhose. »Wo kommst du denn plötzlich her?«, keuchte ich und fasste an meine Stirn, auf der sich schon eine Beule bildete.

Dann streckte ich Luka meine Hand hin. Er ergriff sie, und ich zog ihn hoch.

»Danke«, sagte er und versuchte seine Hand aus meiner zu ziehen.

Aber ich hatte gar keine Lust, ihn loszulassen. Ich lächelte ihn an. »Luka!«, sagte ich. »Ich habe dich schon so vermisst.«

»Echt?« Luka guckte mich überrascht an. Wieder zog er mit der Hand.

Widerwillig ließ ich ihn endlich los. »Bist du in meiner Mannschaft?«, fragte ich.

»Ich …« Luka verstummte und guckte sich Hilfe suchend um. Lizzi stand in ihrem Tor und funkelte Luka wütend an. Er lief zu ihr. Die beiden steckten die Köpfe zusammen. Lizzi hatte die Hände in die Hüften gestemmt, und Luka warf die Arme in die Höhe. Stritten die beiden etwa? Leider konnte ich kein Wort verstehen, aber dass Lizzi sauer auf Luka war, das war nicht zu übersehen. Jetzt boxte sie ihn sogar in den Oberarm.

Das ging zu weit! Ich rannte zum Tor und stellte mich schnell zwischen die beiden. »He!« Entrüstet motzte ich Lizzi an. »Lass Luka in Ruhe.«

»Aber …«, begann Lizzi, doch ich hatte mich bereits von ihr zu Luka umgedreht. »Tut es sehr weh?«, säuselte ich und deutete auf den Arm. »Wieso hat sie dich gehauen?« Ich warf Lizzi noch einen weiteren wütenden Blick zu und bemerkte, dass Lizzi mich verblüfft musterte. Auch Luka guckte ziemlich seltsam und machte einen Schritt rückwärts.

Ich machte einen Schritt vorwärts.

»Luka, wo hast du nur gesteckt?« Das war jetzt der Froschmaier. Er trug einen kleinen roten Erste-Hilfe-Kasten in der Hand. »Hast du dich verletzt?«

Luka hob die Hände. »Nein, nein. Alles in Ordnung.«

»Doch, Herr Froschmaier, hat er«, widersprach ich Luka.

»Nein, schon gut.« Luka schüttelte den Kopf.

Aber Herr Froschmaier guckte besorgt von Luka zu mir. Ich rieb mir noch immer die Stirn.

»Ihr solltet euch ausruhen«, sagte unser Lehrer unvermittelt. »Aber ...«, versuchte Lizzi etwas zu sagen, doch Herr Froschmaier sprach bereits weiter: »Das war ein Sportunfall, und deswegen stelle ich euch jetzt frei, Luka und Ella.«

»Oh!«, rief ich glücklich und lächelte Luka an. »Dann können Luka und ich zusammen ...«

Aber der Froschmaier war immer noch nicht fertig. »Wisst ihr was?«, fragte er in die Runde – es hatten sich mittlerweile alle Klassenkameraden um uns versammelt. »Ihr habt alle frei!« Herr Froschmaier deutete in den Himmel. »Es ist heiß. Und deswegen verkünde ich jetzt für euch und für heute hitzefrei!«

»Hitzefrei?« Lizzi schüttelte den Kopf. »Aber es sind doch keine 30 Grad! Höchstens 25.«

»Mensch, Lizzi«, unterbrach sie Luka. »Willst du etwa in der Schule bleiben? Wegen 5 Grad?«

»Und was ist mit dem Biotest?«, fragte Mia aus der Runde.

»Biotest?«, hakte ich nach. Den hatte ich ganz vergessen. Gelernt hatte ich jedenfalls nicht.

»Wo ist eigentlich Dodo?«, erkundigte sich jetzt Lizzi.

Aber niemand beachtete sie. Oder mich. Die meisten zeigten Mia einen Vogel und motzten, wie sie den Froschmaier ausgerechnet jetzt daran erinnern konnte.

Aber der Lehrer lachte nur und meinte, dass wir den Test einfach ausfallen lassen würden, und schickte uns mit diesen Worten in die Umkleide. Das ließen sich unsere Mitschüler nicht zweimal sagen und rannten sofort los.

Lizzi, Luka und ich folgten ihnen.

Ich bemerkte, wie Lizzi Luka immer noch böse Blicke zuwarf und ihm zuzischte: »Ist dir eigentlich klar, was hier los ist? Und dass das alles deine Schuld …«

»Nein, nein«, widersprach ich sofort. »Luka ist doch nicht schuld!« Ich ergriff seine Hand und hielt sie fest, auch wenn er versuchte, sie mir zu entziehen. »Ich habe ihn doch umgerannt.«

»Aber Ella!« Lizzi warf die Arme in die Luft. »Das ist doch nicht, was passie…«

»Jetzt lasst uns erst mal schnell verschwinden«, unterbrach Luka sie und deutete mit der freien Hand auf das Schulgebäude. »Bevor Herr Froschmaier doch noch auf ein Thermometer guckt.«

Vor der Umkleidekabine musste ich Luka wohl oder übel loslassen. Er schien erleichtert und wischte sich schnell die

Hand an seiner Sporthose ab. Enttäuscht darüber ging ich in die Mädchenumkleide und blieb abrupt stehen.

Auf einer Bank lag Dodo und starrte an die Decke.

Kapitel 12

»Dodo!«, rief ich. »Was machst du denn da?«

Dodo setzte sich auf und zuckte mit den Schultern. »Nichts.«

»Wie praktisch«, erwiderte ich. »Wir haben nämlich Hitzefrei, dann kannst du damit gleich zu Hause weitermachen.«

Lizzi aber setzte sich mit gerunzelter Stirn neben Dodo auf die Bank. »Dodo, was ist los?«, fragte sie. »Hast du nicht bei Sport mitgemacht?«

»Kaum, nur am Anfang«, antwortete sie. »Ich hatte keine Lust.«

Lizzi riss die Augen auf. »Aber du hast dich so auf den Biotest gefreut heute und gesagt, wie gut, dass du dir vorher beim Sport den Kopf freipusten lassen kannst!«

Ich lachte. »So was hat Dodo gesagt? Wer bitte schön freut sich denn auf einen Biotest?«

Lizzi nickte. »So was sagt Dodo doch immer. Dodo freut sich auf jeden Test!« Sie wirkte ganz ernst, als sie das sagte.

»Du hast doch schon letzte Woche angefangen, dafür zu lernen!«, wisperte Lizzi.

»Hast du echt?«, fragte ich. »Seit wann lernst du für die Schule?«

Dodo verdrehte nur die Augen und zeigte Lizzi einen Vogel.

Wir begannen uns umzuziehen, und immer wieder bemerkte ich, wie Lizzi uns anstarrte. Ihr Blick wanderte von mir zu Dodo und zurück. Sie wirkte nervös.

»Was ist denn?«, fragte ich irgendwann genervt. »Haben wir Pickel auf der Nase oder was?«

Lizzi schüttelte den Kopf. Sie öffnete den Mund. Schloss ihn aber wieder. Öffnete ihn. Schloss ihn. Sie sah dabei ein bisschen aus wie ein Fisch auf dem Trockenen, mit viel zu großen Augen. Endlich sprach sie: »Ich glaube, wir müssen euch was sagen«, flüsterte sie. »Luka und ich.«

»Okay«, entgegnete ich. »Sag.«

»Nein, lieber mit Luka zusammen«, erwiderte Lizzi. »Ich sage Luka Bescheid und dann kommen wir auf den Hof. Okay?«

Klar war das okay. Solange Luka mitkam, war alles okay. Deswegen grinste ich glücklich und nickte.

Kurz darauf verschwand Lizzi im Eiltempo aus der Tür. Überhaupt waren alle anderen Mädchen längst fertig und ein *Tschüss, bis morgen* folgte dem nächsten, bis nur noch wir beide übrig waren.

Ich war auch schon wieder angezogen, als Dodo gerade

mal ihre Turnschuhe im Turnbeutel verstaut hatte. Ungeduldig trieb ich sie zur Eile an, vielleicht konnte ich Luka noch kurz sehen, bevor er nach Hause fuhr.

Doch weil Dodo trotzdem wie in Zeitlupe weitermachte, rief ich endlich: »Ich warte draußen auf dich«, und machte mich auf den Weg.

Vor der Tür der Jungenumkleide blieb ich stehen, doch da drin herrschte Totenstille. Ich schob die Tür einen Spaltbreit auf, aber bis auf abgestandenen Schweißgeruch war da nichts und niemand mehr drin.

Überhaupt war es im gesamten Schulgebäude ruhig. Die anderen Schüler hatten bestimmt noch Unterricht, und meine Klassenkameraden waren allesamt weg. Plötzlich aber ertönte ein lang gezogener, hoher und ziemlich schriller Ton durch die Schule.

Erschrocken huschte ich den langen Flur entlang Richtung Ausgang und lugte vorsichtig um die Ecke in die Eingangshalle. Dort war der Hausmeister, der immer noch den Boden wischte. Im Tanzschritt wedelte er putzend hin und her und sang! »*Oooooh Mamaaaaa, du bist immer für mich dahaaaa*«, schmetterte er. »*Und wenn ich einmal traurig bin, dann kämmst du mir das Haar, jaja, lalalala …*«

Mir entfuhr ein Lacher.

Der Hausmeister hielt mitten im *Lalalala* inne und fuhr zu mir herum. Als er mich erkannte, lächelte er und verbeugte sich wie auf einer Bühne. Und ich tat kurz so, als würde ich in die Hände klatschen. Dann stakste ich vorsichtig und auf Zehenspitzen durch die Eingangshalle, denn sie war schließlich frisch geputzt und an manchen Stellen noch feucht, und ich wollte nicht, dass seine Arbeit umsonst war. Als ich an Herrn Fritze vorbeikam, konnte ich zum ersten Mal die Buchstaben entziffern, die rings um seinen Hals tätowiert waren. In großen grüngrauen Lettern stand dort das Wort MAMA.

Na, das passte ja.

Ich lachte und winkte ihm zum Abschied kurz zu, glitt durch die Schultür hinaus und wartete ungeduldig bei den Fahrrädern auf meine lahme Stiefschwester, die erst nach zwei gefühlten Ewigkeiten auftauchte. Wir radelten nach Hause, während ich Dodo immer wieder zur Eile antreiben musste. Die Zwillinge wollten doch gleich zu uns kommen, und ich wollte vor ihnen da sein, um mich für Luka hübsch zu machen.

Auf dem Hof aber war von den beiden noch nichts zu sehen. Dafür war der Bereich neben und vor Susis Praxis innerhalb einer einzigen Schulstunde zu einer Baustelle mutiert. Überall lagen Holzbretter in allen Größen und Längen herum, und Papa stand, aufgestützt auf einen Spaten, vor einem Betonmischer und betrachtete, wie der sich unermüdlich drehte.

Ein Betonmischer?

»Was macht ihr denn hier?«, erkundigte er sich überrascht, drückte auf den Knopf der Maschine, und mit einem Ächzen kam der Mischer zum Stillstand.

»Hitzefrei«, antwortete ich knapp. »Aber was machst du denn da?«

»Stell dir vor, den Betonmischer habe ich in der Scheune gefunden«, erzählte Papa. »Und da habe ich mir gedacht, dass ich Molli nicht einfach so einen ollen Verschlag baue, sondern einen richtigen kleinen Stall, mit Fundament und Fenster und Futtertrog und allem, was sonst noch dazugehört.« Er deutete mit dem Kinn auf ein altes Fenster und eine alte Tür, die an der Mauer lehnten. Auch die hatte er aus der Scheune, denn ich sah die Teile heute nicht zum ersten Mal.

»Ich kann euch leider gerade nichts zu essen machen«, sagte Papa. »Ich muss den Beton, solange er flüssig ist, benutzen.«

»Ist Mama da?«, erkundigte sich Dodo.

»Susi ist im Ort und kümmert sich um ein krankes Haustier.« Papa kratzte sich am Kopf. »Aber ich habe leider vergessen, was für ein Tier das war.« Dann stellte er den Betonmischer wieder an.

Es wurde immer heißer. Obwohl die Temperatur ganz bestimmt noch immer nicht die 30-Grad-Marke erreicht hatte, holten wir uns eisgekühlte Zitronenlimonade aus dem Kühlschrank und legten uns in Mollis kleinen Garten unter die Palme dort in den Schatten. Die Blätter malten lustige Muster auf Dodos Gesicht.

Und während wir unser Getränk schlürften, erzählte ich Dodo von meiner Idee, vielleicht einfach mal Frau Kamitzki anzurufen. Dodo fand die Idee doof, aber Dodo fand ja immer alles doof. Das war ja nichts Neues. Doch immerhin konnte ich so mit jemandem sprechen und nicht nur mit mir selber. Auch wenn es sich trotzdem ein bisschen so anfühlte, als spräche ich mit einer Wand.

Nicht zum ersten Mal fragte ich mich, warum ich ausgerechnet Dodo zur Stiefschwester bekommen musste.

Das Fahrradklingeln kündigte die Ankunft der Zwillinge an. Aufgeregt hüpfte ich in die Höhe und strahlte Luka entgegen.

»Luka, huhu!«, rief ich ihm zu und winkte. »Hier sind wir!«

Lizzi und ihr Bruder bremsten vor dem Gärtchen ab. Sie starrten erst uns an, so als hätten sie uns im Leben noch nie gesehen, dann starrten sie die Palme an, und dann sich gegenseitig.

»Ich sage es dir doch!« Lizzis Stimme klang ganz krächzig. »Guck doch, was wir angerichtet haben!«

Luka nickte stumm. Er räusperte sich und fuhr dann verwirrt zusammen, als ich auf ihn zusprang und zur Begrüßung umarmte. »Wie schön, dass du endlich da bist!« Ich himmelte ihn an.

»Oh, äh …« Luka nahm meine Arme und schob mich ein bisschen von sich weg. »Hallo, Ella.«

»Möchtest du Limonade?«, fragte ich und zwinkerte ihm zu. »Wir können uns eine Decke holen und ein Picknick unter der Palme machen. Vielleicht …«, ich streckte mich und sprach direkt in sein Ohr: »Vielleicht ohne unsere nervigen Schwestern.«

»Ähm«, begann Luka. »Vielleicht ein andermal.«

Enttäuscht ließ ich die Schultern hängen, und Lizzi stöhnte. »Ella, Dodo, wir müssen dringend mit euch reden! Äh, Dodo?« Überrascht blickte Lizzi zu Dodo, die noch immer im Schatten lag und uns gar nicht weiter beachtete.

»Ach, lasst die doch«, sagte ich und winkte ab. »Dodo ist wie immer schlecht gelaunt.«

»Dodo ist nie schlecht gelaunt!«, quietschte Lizzi. Ihre Stimme klang plötzlich ganz hoch und viel zu laut. »Und du …«, sie zeigte auf mich. »Und du, Ella, benimmst dich nie so, so …!« Sie warf die Arme in die Luft. »So wie du es gerade tust«, endete sie etwas leiser.

Luka nickte. »Stimmt, Ella, ansonsten bist du nämlich voll cool.«

Meine Stimme machte einen Purzelbaum, und ich ergriff Lukas Hand. »Du findest mich cool?«

»Genau das meinte ich.« Lizzi blickte auf unsere Hände. Und seufzte.

Luka seufzte auch. Dann zog er mich – ich ließ nämlich einfach nicht mehr los – zu Dodo, und wir setzten uns alle ins Gras.

»Wir müssen euch was erzählen«, begann Lizzi. Sie guckte zu Dodo. »Hörst du zu?«

Dodo verdrehte die Augen. »Meinetwegen.«

»Okay.« Lizzi schluckte, holte tief Luft und begann: »Als Luka und ich hinten in der Scheune nach Hinweisen auf die Zeitrutsche gesucht haben, da …« Lizzi schluckte. Dann fuhr sie fort. »Ganz hinten in der Scheune, da haben wir etwas gefunden.«

Kapitel 13

Aber weiter kam Lizzi nicht.

Ein Motorengeräusch näherte sich, und Susi fuhr auf den Hof. Kurz darauf klapperte die Autotür, und ein leises, hohes Blöken ertönte. Susi hielt ein kleines Lämmchen im Arm. Als sie uns entdeckte, rief sie einen Gruß und kam auf uns zu. Dann setzte sie einer völlig verdutzten Dodo das Tier auf den Schoß und sagte: »Dolly wurde von ihrer Mutter verstoßen. Jetzt müssen wir sie großziehen!«

»Oh …«, machte Lizzi, die ihre Hand nach dem Tier ausstreckte und es streichelte. »Verstoßen?«

»Ja, leider kommt das bei Mehrlingsgeburten vor.« Susi spreizte die Finger und hob traurig die Schultern. Sie drehte sich um und machte sich auf den Weg zur Praxis. »Ich bereite ein bisschen Milch vor«, rief sie uns über die Schulter noch zu, »dann könnt ihr sie füttern, ja?«

Lizzi nickte, Dodo reagierte gar nicht, und ich lächelte Luka zufrieden an, seine Hand immer noch fest in meiner. Er hatte endlich aufgegeben, sie mir wegziehen zu wollen.

Susi wechselte kurz ein paar Worte mit Papa, der noch immer mit dem Betonmischer beschäftigt war. Kurz darauf folgte ein glücklicher Ausruf von Papa: »Oh, dann baue ich gleich noch einen zweiten Stall! Wie schön!« Und schon begann er, die Holzbretter zu zählen und zu sortieren.

»Also«, sagte Lizzi. »Wir wollten euch ja erzählen, was wir entdeckt haben.«

Dodo richtete sich auf. Das Lamm blökte empört, da es bei der Bewegung von ihrem Schoß rutschte, und deswegen nahm es Lizzi schnell in den Arm.

»Ich glaube, wir sollten die Zeitrutsche zerstören«, sagte Dodo plötzlich, ohne auf Lizzis Worte zu achten.

»Wieso zerstören?« Ich drehte meinen Blick von Luka zu Dodo. »Wollten wir nicht herausfinden, wie sie funktioniert?«

»Jetzt hört doch mal zu!« Das rief Luka.

»Es ist alles so furchtbar.« Lizzi schniefte. Weinte sie etwa?

»Wo ist Twiggi?«, schallte da Susis Stimme zu uns herüber.

»Wer ist denn Twiggi?«, rief ich zurück.

»Na, die Katze, so habe ich sie getauft!«, kam die Antwort. »Irgendjemand hat die Terrassentür offen gelassen. Und jetzt ist sie weg! Dabei ist sie doch noch nicht eingewöhnt und findet vielleicht nicht zurück.«

»Wir waren das nicht!«, antwortete ich. »Bestimmt war das Papa.«

Papa aber bekam gar nichts mit, er stapelte die Holzbretter jetzt nach Länge, und der Betonmischer röhrte außerdem unermüdlich weiter vor sich hin.

»Könnt ihr mir denn beim Suchen helfen?«, fuhr Susi fort. Sie war mittlerweile wieder bei uns im Garten und drückte Lizzi eine kleine Babyflasche voller Milch in die Hand. Lizzi hielt es dem Lämmchen ans Maul, das sofort zufrieden und erstaunlich laut schmatzend daran zu saugen begann. »Es treiben sich hier Füchse herum, und die machen vielleicht vor so einem winzigen Kätzchen nicht halt.«

Ha! Das war doch die Gelegenheit, um Luka endlich ganz für mich allein zu haben. Ich sprang also auf und sagte: »Klar helfen wir. Und wenn wir uns aufteilen, dann können wir doch viel besser und viel weiter suchen. Luka und ich bilden ein Team, Lizzi und Dodo das andere.«

Susi nickte dankbar, lief zu Papa und stellte den Mischer wieder aus. Sie drehte sich noch mal zu uns um. »Ihr könnt Dolly im Garten lassen«, rief sie. »Sie wird nach dem Trinken bestimmt erst mal schlafen wollen. Am besten legt ihr sie in den Schatten.«

»Und wenn eine Kokosnuss auf sie fällt?«, fragte ich und deutete auf die Palme, doch Susi schien mich nicht gehört zu haben.

»Ach was«, murmelte Dodo. »Die sind doch noch gar nicht reif.«

»Kokosnuss!« Als wäre sie gerade eben erst wieder aufgewacht, schüttelte Lizzi ihren Kopf, stand vorsichtig mit dem satten Lamm in den Armen auf und legte es im Schatten ab. Dann guckte sie sich zu Susi und Papa um, die sich jetzt Richtung Kuhweide entfernten und immer wieder *Twiggi* riefen, und wiederholte etwas leiser: »Kokosnuss! Mensch, Dodo und Ella. Wir leben in Norddeutschland, hier wachsen keine Palmen!«

»Bei uns schon«, kommentierte Dodo nur.

»Ja, aber das ist nicht normal«, erwiderte Lizzi.

»Ach«, seufzte Dodo. »Was ist schon normal?« Ihre Stimme klang, als müsste sie die Welt ganz alleine auf ihren Schultern tragen. Das war mal wieder typisch. Entweder war meine Stiefschwester schlecht gelaunt oder mürrisch oder zu Tode betrübt. Ich hakte mich also lieber schnell bei Luka unter und versuchte ihn wegzuziehen. »Lasst uns die Katze suchen.«

Aber Luka bewegte sich keinen Zentimeter.

»Wir sind auch in der Zeit gereist«, platzte er mit einem Mal heraus.

»Wie bitte?« Dodo wirkte nun für eine Sekunde fast lebhaft, und ich hörte kurz mit dem Ziehen auf.

»Ihr habt uns also doch angelogen und seid heimlich gerutscht?« Dodo kniff die Augen zu Schlitzen zusammen, und ich guckte von Luka zu Lizzi und zurück.

»Nein, sind wir nicht«, rief Lizzi.

»Aber ihr habt doch gerade gesagt …«

»Wir sind in die Zukunft gereist«, wiederholte Lizzi.

»Was?«, hauchte ich.

»Mit der Rutsche?«, fragte Dodo.

»Nein«, sagte Luka. »Wir haben hinten in der Scheune eine Klappe entdeckt, die in einen unterirdischen Raum führt. Glauben wir zumindest.«

»Wie? Ihr glaubt das nur?«, fragte Dodo.

»In die Zukunft?«, wiederholte ich heiser. »Unterirdischer Raum?«

»Was für ein Raum?« Dodo sprach für ihre Verhältnisse echt viel.

»Wie weit in die Zukunft?«, fragte ich.

»Kommt!« Die Zwillinge marschierten los. Vor der Scheunentür blieben sie abrupt stehen.

»Seit wann sind die Scheunenwände eigentlich so zugewachsen?«, wisperte Lizzi und deutete auf den wilden Wein, der fast die gesamte Vorderseite bedeckte und sich, trotz anhaltender Sommerhitze, bereits herbstlich rot verfärbte.

»Das war doch schon immer so«, sagte ich.

Luka schüttelte den Kopf, und Lizzi stöhnte. »Ihr habt es wirklich vergessen, oder?« Sie guckte von Dodo zu mir.

»Was vergessen?«, fragte ich.

»Wie es vorher war«, sagte Lizzi. »Ihr habt vergessen, wie alles eigentlich ist.«

Kapitel 14

Nachdem wir uns schweigend bis zum hinteren Teil der Scheune durchgekämpft hatten und über den Autoreifenturm geklettert waren, standen wir hinter der großen Plastikkommode und um den dreckigen, muffigen Teppich dort herum, der eventuell einmal gelb gewesen war. Vielleicht auch ockerfarben oder orange. Jetzt hatte er jedenfalls die Farbe von, na ja, sagen wir, der Teppich passte zum Namen des Ortes, in dem er lag. Die gräulichen Teppichfransen sahen wie kranke, verkrümmte Würmer aus.

Luka ergriff einen Zipfel und zog den Teppich zur Seite. Staub wirbelte auf, und Dodo musste niesen. Darunter befand sich eine Holzklappe, nicht viel größer als ein kleiner Reisekoffer, versehen mit einem Riegel, der aber unverschlossen schien. Auf der Klappe war ein Eisenring befestigt, den nun Lizzi ergriff. Mit einem kleinen Ächzen öffnete sie die Luke.

Dort konnte ich eine Holzleiter erkennen, die nicht wirklich stabil wirkte und sofort in Dunkelheit führte.

Weil die Öffnung aber so klein war und das Licht in der Scheune nicht besonders hell, da war schon nach der ersten Sprosse nichts mehr zu sehen.

»Da geht's in die Zukunft«, sagte Luka.

Lizzi stöhnte genervt auf.

»Stimmt doch«, sagte Luka beleidigt.

»Ja, es stimmt«, erwiderte Lizzi. »Aber so, wie du es sagst, klingt es, als wäre das was Gutes.« Sie deutete auf mich und Dodo. »Aber du siehst doch, was passiert ist.«

»Und wie funktioniert das?«, fragte ich und blickte durch die Luke hinunter, obwohl ich eigentlich noch ganz viele andere Fragen im Kopf hatte. Zum Beispiel: Warum habt ihr uns nicht sofort davon erzählt? Was hat sich denn genau verändert? Wir auch? Wie denn? Und vor allem: Luka, ich finde dich so toll, du mich auch?

Aber ich sagte nichts dergleichen, sondern wechselte einen Blick mit Dodo, die mit zusammengekniffenem Mund dastand, und hörte zu, was die Zwillinge erzählten.

»Als wir die Klappe gefunden hatten«, begann Luka, »bin ich sofort runtergestiegen.«

»Obwohl ich dagegen war«, fügte Lizzi hinzu.

»Und plötzlich stand ich mitten auf der Kuhweide«, berichtete Luka weiter.

»Wieso warst du auf der Kuhweide?«, fragte ich ihn.

»Keine Ahnung!« Luka hob die Schultern. »Ich wusste ja nicht mal, dass ich in der Zeit gesprungen war.«

»Als Luka nicht wieder hochkam und auch nicht antwortete«, sagte Lizzi, »da bin ich sofort hinterhergeklettert.«

»Warum hast du denn nicht Bescheid gesagt?«, fragte ich.

»Ich habe mir Sorgen um meinen Bruder gemacht und wollte keine Zeit verlieren«, erklärte mir Lizzi. »Und kaum war ich ein paar Sprossen runtergeklettert, da saß ich auch schon auf euerm Gästeklo im Haus.« Lizzi schluckte. »Das war so gruselig«, wisperte sie und klang wie ein kleines, verängstigtes Kind. »Das könnt ihr euch gar nicht vorstellen!«

Doch, dachte ich. Das konnte ich mir sogar sehr gut vorstellen. Ich musste nur an Dodos und meinen ersten Rutsch mit der Zeitrutsche denken. Ich konnte mich gut daran erinnern. Ich konnte mich an alles gut erinnern. Wie konnte ich mich also plötzlich an andere Erinnerungen nicht erinnern? Es konnte doch einfach nicht möglich sein, dass ich mich verändert hatte und davon nichts mitbekommen hatte. Oder?

Und Dodo? Ich kannte sie doch schließlich seit vielen Jahren. Hätte ich es nicht merken müssen, wenn sie jetzt anders war? Trotzdem bekam ich augenblicklich fürchterliches Bauchweh. Denn ich erinnerte mich an noch etwas: Ich erinnerte mich daran, dass alle anderen eben auch nicht mehr gewusst hatten, wie es eigentlich gewesen war, vorher, bevor Dodo und ich uns in der Zeit verrutscht hatten.

Kurz sagte keiner etwas. Alle hingen ihren Gedanken

nach. Es war so still in der Scheune, dass man eine Feder hätte fallen hören.

Oder eben ein ganz, ganz leises Miauen einer winzigen grauen Katze.

»Twiggi!«, rief Lizzi und begann sofort, das kleine Tier zu suchen.

Dodo und ich standen immer noch wie versteinert an der kleinen Bodenluke und starrten in die Finsternis hinein.

»Jetzt helft doch mal mit«, beschwerte sich Lizzi sofort, die versuchte, das Miauen zu orten. »Wo kommt das Geräusch denn her?«

Luka schloss die Klappe, legte den Teppich wieder darüber und begann seiner Schwester zu helfen.

Ich folgte ihm, als wäre ein unsichtbares Band zwischen uns gespannt.

Immer wieder miaute das kleine Tier, und mit jedem Ton kamen wir ein Stück näher. Ein paar Minuten später fanden wir uns vor einem altmodischen Küchenschrank wieder, der gleich neben dem Eingang an der Wand stand. Den Schrank hatten wir längst durchsucht, bis auf ein paar kaputte Untertassen und grellbunte Likörgläser war darin nur Staub, altes Zeitungspapier und ein vertrockneter Kaktus gewesen.

»Miaaaauuuu!« Das klang mittlerweile ziemlich kläglich.

»Sie muss dahinter eingeklemmt sein.« Lizzi begann, den Schrank vorsichtig von der Wand wegzuschieben.

Ich half von der anderen Seite mit. Schon ein paar Zentimeter reichten, und ein verschrecktes und völlig eingestaubtes Fellknäuel kam hervorgesprungen und Lizzi direkt in die Arme.

Lizzi strich dem Tier die Wollmäuse aus dem Fell, und Luka begann gerade, den Schrank wieder an die Wand zu schieben, als ich etwas entdeckte.

»Halt«, rief ich. »Da liegt was unterm Schrank!«

Eine Papierecke lugte unter dem Boden hervor, genau zwischen Wand und Schrankrücken.

»Das ist ein Umschlag«, stellte ich fest, kniete mich hin und schob meinen Arm, so weit es ging, in seine Richtung. Und als Luka den Schrank dann noch ein Stück weiter wegrückte, kam ich auch endlich daran. Ich zog den Umschlag heraus und klopfte den Dreck ab. Der Briefumschlag war zwar zugeklebt, aber es stand nichts weiter drauf.

»Und?«, fragte Luka und streckte die Hand danach aus. »Was ist das?«

Ich zuckte die Schultern. »Nichts, nur ein alter Umschlag.« Ich ergriff seine Hand, ließ nicht mehr los und steckte den Briefumschlag in meine Hosentasche.

Danach gingen wir ins Haus zurück, um dem zitternden Kätzchen frisches Wasser und von Lizzis Seite ganz viele Streicheleinheiten zu geben. Und auch weil Luka meinte, er müsste uns jetzt ganz dringend etwas im Haus zeigen.

Von Papa und Susi war keine Spur. Wahrscheinlich suchten sie immer noch nach Twiggi. Deswegen nahmen wir das Wasserschälchen, das neue Katzenklo und Twiggi selbst mit nach oben, und Luka bat uns, ihm das Notizbuch zu geben.

»Welches?«, fragte ich. »Das vom Kamitzki?«

»Nein, das von euch«, antwortete er.

Dodo holte es aus dem Versteck im Fußboden. Luka blätterte das kleine Heft auf und hielt es uns dann hin. Mit dem Finger zeigte er auf die Skizze, die Dodo dort hineingemalt hatte, damals an unserem ersten Tag hier in Kleinkotzingen, nach unserem zweiten Rutsch in die Vergangenheit.

»Ja, und?«, fragte ich.

Aber Dodo war weißer als Milchreis geworden und guckte von der Zeichnung zu mir. »Oh nein«, hauchte sie.

»Was denn?«, fragte ich genervt, weil ich mich neben Luka auf die Bettkante gesetzt hatte und der sofort ein paar Zentimeter von mir weggerückt war.

»Guck dir doch den Baum an«, erklärte er mir. »Der Baum, der im kleinen Garten steht, direkt an der Stelle, an der die Rutsche anfangs war.« Luka tippte auf das Blatt. »Dodo hat ihn sogar beschriftet.«

Also guckte ich. Und blinzelte. Ich guckte noch mal. Dort war ein kleiner Laubbaum neben der Zeitrutsche gemalt. Und in Dodos ziemlich ordentlicher Handschrift stand dort das Wort: *Kirschbaum.*

»A-aber«, stammelte ich, obwohl ich die Antwort kannte. »Aber wo ist die Palme?«

Kapitel 15

»Ich verstehe immer noch nicht, warum ihr uns nichts gesagt habt«, nörgelte Dodo.

»Und ich verstehe immer noch nicht, warum du trotzdem noch mal da runtergestiegen bist, obwohl dir klar war, dass sich alle um uns herum verändern«, zischte Lizzi ihrem Bruder zu.

»Und ich verstehe einfach nicht, warum wir uns nicht erinnern, dass wir einmal anders waren und dass …«, ich hörte mitten im Satz auf. Das hatte ich nun bereits mehrmals gesagt in der letzten Stunde, nachdem die Zwillinge uns noch einmal alles ganz genau erzählt hatten.

»Wir haben gedacht, ihr seid gerutscht«, sagte Dodo.

Im Takt schüttelten die beiden den Kopf. »Es tut uns leid«, murmelte Lizzi.

Luka nickte. »Ja, wirklich.« Er räusperte sich. »Außerdem dachten wir nicht, dass ihr euch verändert. Und die Pflanzen …« Er schluckte.

Und ich versuchte ihm zum Trost den Arm um die

Schultern zu legen. »Oh, Luki …«, begann ich zu säuseln, aber Luka stand abrupt auf. »Wir dachten, da der Hahn nicht mit dabei war, dass …«

Weil Luka einfach mitten im Satz aufhörte zu sprechen und die Schultern zuckte, sprach Lizzi weiter: »Dass nichts passieren kann, weil ihr uns doch erzählt habt, dass es irgendwie mit dem Hahn und den Federn zu tun hatte und …«

»Ja, aber wie und warum, das wissen wir doch auch nicht!« Ich hob verzweifelt die Arme in die Höhe. »Ob es der Hahn ist oder die Federn. Und überhaupt …«

»Ich jedenfalls hatte keine Feder dabei, als wir in die Luke stiegen«, behauptete Luka und guckte zu seiner Schwester, die sofort »Ich auch nicht« sagte.

»Pah!« Dodo klang mal wieder genervt, sagte aber nichts weiter als das.

»In der gesamten Scheune fliegen winzige Federn herum«, sagte ich, »seitdem wir die Federkommode zerstört haben. Da kann doch eine mit reingeflogen sein. Wir sollten nachschauen«, schlug ich vor.

»Aber das ist doch das Problem!«, erwiderte Luka. »Das haben wir doch schon erzählt: Sobald man ein paar Sprossen hinuntergestiegen ist, ist man einfach so …«, er schnippte mit den Fingern, »… in der Zukunft.«

»Dreißig Minuten«, ergänzte Lizzi.

»Dreißig?«, hakte ich nach.

»Bist du sicher?«, fragte Dodo.

»Ganz sicher«, wisperte sie. »Genau wie eure Vergangenheitsrutsche!«

»Und wie oft seid ihr insgesamt ge… äh?«, fragte ich leise.

»Dreimal zusammen und Luka einmal alleine.« Lizzi funkelte ihren Bruder an und flüsterte dann leise: »Es tut mir leid, das war ein Fehler. Anfangs konnten wir einfach nicht glauben, was passiert war, und …« Sie seufzte und guckte zu Luka.

Der war aufgestanden und lief in Dodos Zimmer hin und her. »Ich habe echt keine Ahnung, wie man in diesen Raum kommen soll, ohne vorher zu verschwinden.« Er blieb stehen. »Dabei glaube ich, dass da irgendwas ist.«

»Was meinst du?«, fragte ich.

»Bevor wir, also Lizzi und ich, bevor wir – ihr wisst schon …« Er machte eine ausholende Bewegung mit dem rechten Arm. Das sollte wohl einen Zukunftssprung darstellen, sah aber eher aus, als würde er eine Angel auswerfen. Er wandte sich jetzt direkt an seinen Zwilling: »Da habe ich was gesehen. Deswegen bin ich doch noch mal in die Luke gestiegen. Weil ich dachte, ich hätte was entdeckt.«

»Und was hast du gesehen?«, wollte Lizzi wissen.

»Ich habe kurz den Fußboden gesehen und dass da auf jeden Fall Dinge lagen«, antwortete er. »Aber mehr auch nicht. Es war stockduster und außerdem war ich ja sofort einfach weg.«

»Wir müssen an diese Dinge rankommen«, rief Lizzi. Sie war aufgesprungen, und Twiggi, die bis dahin auf ihrem Schoß geschlummert hatte, miaute aufgebracht, als sie auf Dodos Bettdecke purzelte. Sofort setzte sich Lizzi wieder hin, hob das Kätzchen auf und kraulte es, bis es so laut wie eine elektrische Kaffeemühle schnurrte.

»Ich finde immer noch, wir sollten diesen ganzen Mist einfach in Ruhe lassen.« Dodo hatte die meiste Zeit geschwiegen. »Es ist einfach lästig. Ich gehe jetzt raus und lege mich in die Sonne.«

»Aber wir wollen unsere alten Freunde wiederhaben!« Lizzi klang ganz verzweifelt. »Ihr seid nicht mehr so, wie wir euch kennengelernt haben.«

Luka nickte. »Ihr sollt wieder so sein, wie ihr vorher wart!« Mit diesen Worten warf er mir einen Blick zu, der irgendwie traurig aussah. Oder genervt? Dabei hatte ich nur versucht, mich bei ihm unterzuhaken, während er durchs Zimmer stiefelte.

»Haben nur wir uns verändert?«, fragte ich nach.

»Nein, irgendwie sind alle ein bisschen …« Lizzi suchte nach einem Wort.

»Verrutscht?«, warf ich ein. »So haben wir es genannt.« Wieder fiel mir auf, wie seltsam – und beängstigend – es war, dass ich mich an alles erinnern konnte, aber dass meine Erinnerungen einfach nicht mehr stimmen sollten. Wie konnte man denn einen Kirschbaum vergessen?

Lizzi nickte. »Ja, das ist genauso. Alles ist jetzt verschoben: Herr Froschmaier ist noch netter als vorher. Und habt ihr den Hausmeister gesehen?«

»Ja, der ist total lustig«, sagte ich.

»Eben.« Lizzi flüsterte jetzt. »Ist er eigentlich ganz und gar nicht.«

Sie guckte zu Dodo, die im Begriff war, den Raum zu verlassen. »Und du bist total schlau und hast bereits versucht, mathematische Formeln zu finden, die eine Zeitreise erklären könnten, Dodo. Du bist immer fröhlich und gut gelaunt und verbringst deine Zeit ansonsten mit Hausaufgaben und Büchern und gibst kluge Dinge von dir! Du führst zusammen mit Ella euer Notizbuch, mit all den Fragen, die noch zu klären sind! Du willst Lösungen finden!« Lizzi klang so, als würde sie in der nächsten Minute in Tränen ausbrechen. »Und du würdest dich niemals nur einfach faul in die Sonne legen, wenn es so große und rätselhafte Probleme zu lösen gibt. Du bist gar nicht wiederzuerkennen.«

Dodo blieb in der Tür stehen und blickte sich um.

Sie zögerte.

Und dann kam sie zurück in das Zimmer. Nachdenklich griff sie nach unserem Notizbuch und blätterte darin herum. »Ich kann mich erinnern, wie blöd ihr geworden seid nach unserem Gerutsche und wie traurig mich das gemacht hat!« Dodo sprach ganz leise.

»Ihr habt voll genervt«, fügte ich hinzu.

»Na, dann weißt du ja, wie das ist«, murmelte Luka, der

mal wieder vor mir zurückwich. Dabei wollte ich doch nur in seiner Nähe sein. War das so schlimm?

»Gut, und was sollen wir jetzt tun?«, fragte Dodo.

»Einen Plan machen«, sagte Luka.

»Ich glaube, wir sollten einmal die Schwester vom Kamitzki anrufen«, überlegte ich laut und nicht zum ersten Mal. »Die weiß bestimmt was! Und wir sollten zu Frau Sonne gehen.«

»Frau Sonne?«, fragte Luka.

»Ich habe dir doch von den Fotos erzählt«, sagte Lizzi.

»Stimmt«, erwiderte er. »Die Sonne und der Kamitzki müssten zusammen zur Schule gegangen sein.«

»Ich habe eine Idee!« Vor Aufregung ließ ich Lukas Hand los – seufzte er da etwa erleichtert??? – und guckte in die Runde. »Ich weiß, wie wir zwei Fliegen mit einer Klappe schlagen können!«

»Und wie?«

»Wir laden Frau Kamitzki zum Essen bei Frau Sonne ein.«

»Und warum sollte sie kommen?«, erkundigte sich Dodo. »Besonders freundlich war sie ja nicht. Und sie hat gesagt, wir sollen uns nur melden, wenn wir das Schmuckkästchen gefunden haben.«

»Aber wir haben es doch gefunden«, entgegnete ich.

»Du willst ihr davon erzählen?«, wunderte sich Dodo.

»Ich will es ihr sogar geben«, sagte ich. »Es ist doch leer und bringt uns gar nichts.«

»Okay«, sagte Dodo.

»Guter Plan«, fand Luka, und ich strahlte ihn an.

»Oh, Luki, findest du ihn wirklich gut?« Ich kicherte glücklich, und Luka verdrehte die Augen.

»Kommt, wir rufen sie gleich an«, rief Lizzi.

Ich nickte, und wir liefen alle gemeinsam hinaus.

Im Treppenhaus sah ich Papa und Susi vom Flurfenster aus in der Ferne über die Kuhweide unseres Nachbarn streifen. Bestimmt suchten sie immer noch nach Twiggi. Wir mussten ihnen dringend Bescheid geben, dass das Kätzchen längst wieder in Sicherheit war.

Kapitel 16

Ich war irgendwie erleichtert, als wir nur den Anrufbeantworter von Katharina Kamitzki erreichten. Deswegen hinterließen wir ihr eine Nachricht mit der Bitte, uns am kommenden Samstag bei Frau Sonne zum Mittagessen zu treffen.

Und bis es so weit war, kamen die Zwillinge jeden Nachmittag nach der Schule vorbei, und wir untersuchten die Rutsche und durchsuchten weiter die Scheune – aber etwas Neues entdeckten wir nicht.

Wir fingen sogar den Hahn ein, aber der war und blieb einfach ein Hahn, der über den Hof stolzierte, ganz als wäre es seiner, mit seinem Krähen alle – nun, zumindest mich – nervte, und immer wieder dort auftauchte, wo er eigentlich nichts zu suchen hatte.

Die Ankunft von Twiggi und dem Lämmchen nahm er ziemlich gelassen hin.

Doch als Susi eines Tages mit drei Hühnern im Schlepptau vorfuhr, da war die Aufregung groß. Nicht nur beim

Hahn! Aufgebracht krähte er wie verrückt, dann verschwand er für einen ganzen Tag. Abends aber kehrte er schließlich zurück und scheuchte die Hühner hin und her.

Papa hatte den Hof mittlerweile in eine Großbaustelle verwandelt. Jetzt musste neben dem Ponystall nämlich nicht nur Platz für das Lamm, sondern auch ein Hühnerverschlag her.

Außerdem wurden etliche Bauteile für mindestens fünf Gewächshäuser geliefert. Jeden Morgen stand Papa mit der Sonne auf – das war übrigens meistens so um 5:37 Uhr – und begann zu hämmern, werkeln und bauen.

In der Schule lief auch alles seinen normalen Gang. Na gut, die Wörter *auch* und *normal* waren vielleicht nicht ganz richtig. Für Dodo und mich zwar schon, aber Luka und Lizzi wurden nicht müde, uns immer wieder aufs Neue darauf aufmerksam zu machen, dass eben nicht besonders viel normal lief.

Und während Papas Baustelle im Laufe der Woche auf unserem Hof immer mehr Platz einnahm, Susi bis Donnerstag noch einen Leguan mit einem gebrochenen Bein, zwei sich ständig zankende Wellensittiche und das kränkliche Wollschwein Ruben von Bauer Kuhn aufgenommen hatte, waren wir ununterbrochen damit beschäftigt, einen Weg zu finden, das Rätsel zu lösen.

Dodos Art und Weise, das zu tun, war allerdings ganz schön anstrengend. Eigentlich wollte sie nämlich nur schlecht gelaunt unter der Palme liegen und das ganze Zeitgereise vergessen. Und da wir nach den Zukunftssprüngen der Zwillinge von Herrn Froschmaier und den übrigen Lehrern keinerlei Hausaufgaben mehr aufbekamen, machte Dodo auch genau das. Jeden Nachmittag stand deswegen Lizzi neben ihr, die Hände in die Hüften gestemmt, und rief: »Dodo, du lebst für Hausaufgaben!!«

»Wir haben aber nichts auf«, murmelte sie jedes Mal.

Und Lizzi sagte: »Deine Hausaufgabe ist die Suche nach Lösungen!«

Und mit einem Stöhnen stand Dodo dann wieder auf.

Es gab überhaupt so einige Sätze, die wir uns andauernd von den Zwillingen anhören mussten. Zum Beispiel:

»Ella, jetzt rück mir nicht so auf die Pelle, sei cool!« – Dabei wollte ich doch nur Lukas Hand halten!

Oder: *»Ella, ich mag dich auch, aber du bist peinlich.«*

Siehe oben.

Oder: *»Dodo, natürlich bist du gut in Mathe, du hast schließlich die Formel auf der Rutsche erkannt!«* – Wenn Dodo behauptete, keine Nerdin zu sein und von Mathe so viel zu verstehen wie vom Universum.

Woraufhin Lizzi übrigens antwortete, dass sie total viel vom Universum verstand, da sie Physikschulbücher zum Vergnügen lesen würde.

Es war anstrengend. Denn wir wussten gleichzeitig, dass die Zwillinge recht hatten. Wir hatten es anders herum ja selber erlebt. Trotzdem. Es war einfach total unheimlich, denn für uns fühlte sich alles so an, wie es sich anfühlen sollte.

Normal eben.

Als wir mal wieder auf Dodos Stammplatz unter der Palme auf die Zwillinge warteten, übertrug ich endlich meine Fragen von meinem Kritzelzettel in unser Notizbuch.

»Wir haben die Zwillinge noch gar nicht gefragt, ob sie wissen, warum Frau Sonne nicht spricht«, sagte ich.

»Dann machen wir das jetzt«, murmelte Dodo, denn in dem Moment radelten die beiden vor, stellten ihre Räder ab und kamen zu uns in den Garten.

»Warum spricht Frau Sonne nicht?«, fragte ich auch sofort und guckte Luka an. Dabei zwang ich mich, nicht sofort auf ihn zuzustürzen und ihm um den Hals zu fallen. Ich verkniff mir außerdem das Lächeln, das ich ihm so gerne zuwerfen wollte.

»Warum guckst du so komisch?«, fragte mich Dodo sofort.

Ich antwortete nicht.

Dafür antwortete Luka auf meine Frage, aber leider brachte die Antwort uns auch nicht weiter.

»Keine Ahnung«, sagte er nämlich.

»Ich glaube, sie hat als Kind eines Tages einfach so von jetzt auf gleich mit dem Sprechen aufgehört«, fügte Lizzi dann aber noch hinzu. »Oma hat so was mal erzählt.«

»Können wir eure Oma mal fragen?«, rief ich aufgeregt.

Aber die Zwillinge schüttelten ihre Köpfe. »Oma und Opa sind schon vor ein paar Jahren gestorben«, sagte Lizzi schließlich.

»Oh«, machte ich und nahm Luka jetzt doch einmal kurz in den Arm. Nur zum Trost.

Er seufzte.

Dann schob er mich vorsichtig weg und holte sein Smartphone aus der Hosentasche. »Ich habe eine Idee!«

Lizzi nickte. »Eine gute Idee!«

»Meine Ideen sind immer gut!«, meinte Luka.

»Na ja, wenn man deine Idee nicht mitzählt, als du mal Papas Aquariumsfische mit Gummischlangen angeln wolltest und sich das Wasser bunt verfärbte …«

»Ach …«

»Oder als du rückwärts Fahrrad gefahren bist, weil der Verkehr von hinten angeblich gefährlicher …«

»Schon gut.« Luka lachte. »Aber diese Idee ist super.«

»Vielleicht«, sagte Lizzi, aber sie lächelte.

»Wir befestigen eine Schnur am Telefon«, erklärte uns Luka. »Dann machen wir die Handy-Taschenlampe und die Kamerafunktion an und …«

»Und lassen es in die Luke ab!«, schloss Lizzi so triumphierend, als wäre es ihre eigene Idee gewesen.

»Jetzt brauchen wir nur ein Stück Schnur.«

Wir guckten uns alle an und sagten fast gleichzeitig ein Wort: »Scheune!«

Dort gab es immerhin fast alles. Und während wir zwar

kein zweites Notizbuch vom Kamitzki fanden, ein Stück Schnur fanden wir sofort. Lizzi griff danach, aber Luka schüttelte den Kopf.

»Ich kann aber Seemannsknoten«, sagte Lizzi und versuchte noch einmal, ihm das Handy aus der Hand zu reißen.

»Ich weiß, wie ein Knoten geht«, erwiderte Luka und wickelte die Schnur um das kleine Gerät.

Anschließend kletterten wir über die Autoreifen, hoben erst den Teppich und dann die Bodenklappe hoch und hockten uns rings um die Öffnung herum hin.

Langsam ließ Luka das Telefon in die Dunkelheit hinab. Wir starrten hinterher. Ich legte mich auf den Bauch, steckte meinen Kopf in die Öffnung und folgte dem Licht mit meinen Augen. Irgendwas musste ich doch erkennen können. Plötzlich packte mich jemand an der Schulter und zog mich zurück.

»Mensch, Ella! Pass auf! Wir wissen doch nicht genau, wie weit man da rein muss, um in die Zukunft zu springen! Also steck deinen Kopf da nicht rein!«

Es war Luka. Er passte auf mich auf! Und er hatte seine Hand auf meiner Schulter! Das war doch fast so was wie eine Umarmung, oder nicht?

Ich versuchte mich schnell aufzurichten – gar nicht so einfach, wenn man auf dem Bauch lag –, um mich zu Luka umzudrehen. Mit einer Hand griff ich nach Lukas Hand auf meiner Schulter. Mit der anderen versuchte ich mich aufzustützen und auf die Knie zu kommen.

Luka hockte neben mir, und ich weiß nicht genau wie, aber irgendwie musste ich ihn dabei so geschubst haben oder ihn in meiner Eile ins Schwanken gebracht haben, jedenfalls war das Nächste, was ich mitbekam, ein lauter Aufschrei: »Mann, verdammt!« Das rief Luka.

»Pass auf!« Das schrie Lizzi.

»W-w-was?« Das stammelte ich.

»Und weg ist er.« Das murmelte Dodo.

Endlich saß ich wieder aufrecht. Entsetzt starrte ich von Lizzi zu Dodo zu der Luke.

»I-ist Luka da …?«, stammelte ich leise.

»Ja, ist er!« Lizzi klang richtig sauer.

»Aber ich …«, begann ich, doch ich sprach nicht weiter. Mir war natürlich sofort klar, was hier passiert war. Meinetwegen war Luka in die Luke gefallen, in die Zukunft gesprungen und hatte womöglich auch noch das Handy dabei verloren. Und meinetwegen mussten wir jetzt mit noch mehr Veränderungen rechnen. Oh Mann, als hätten wir nicht schon genug Durcheinander.

Ich schluckte.

»Dann müssen wir jetzt wohl eine halbe Stunde auf Luka warten!« Dodo verzog das Gesicht.

Das war ein ziemlich langer Satz für sie. Wahrscheinlich dachte sie das auch, denn danach sagte sie nichts mehr und guckte so, als hätte sie Zahnschmerzen.

Lizzi schwieg auch und hatte fast genau den gleichen Gesichtsausdruck wie Dodo. Deswegen wartete ich lieber einen Augenblick, versuchte dann ganz lieb zu gucken und entschuldigte mich leise.

Weil keiner darauf reagierte, deutete ich auf den Ausgang. »Wollen wir solange ins Haus gehen und was trinken?«, fragte ich.

Noch immer antwortete mir keiner, aber Dodo und Lizzi standen auf und gingen hinaus. Immer noch wortlos liefen wir in die Küche und setzten uns genauso schweigend hin. Ich sprang noch mal kurz auf, holte Papas köstliche Zitronenlimonade aus dem Kühlschrank und goss jedem von uns ein großes Glas ein.

Twiggi hatte in der Küche in einem kleinen Körbchen geschlafen. Unser Auftauchen musste sie geweckt haben. Jedenfalls rekelte sie sich und flitzte daraufhin schnurstracks zu Lizzi, um gestreichelt zu werden.

»Wie ist das eigentlich, wenn man in die Zukunft springt?«, wagte ich endlich zu fragen. »Erinnert man sich dann nachher an die halbe Stunde Vergangenheit, die man überspringt?«

Lizzi schüttelte den Kopf. »Nein«, sagte sie kurz angebunden. Aber sie lächelte wieder, und ich atmete erleichtert auf. Kurz.

Ganz kurz.

Denn als sie von der Katze, die mittlerweile glücklich auf ihren Beinen schnurrte, auf- und zu mir herüberschaute, da fiel Lizzi das Lächeln sofort wieder aus dem Gesicht.

Dodo guckte auch nicht viel freundlicher.

Und Luka? Würde der mich auch so böse und wütend und enttäuscht angucken, wenn er wieder auftauchte?

Bei dem Gedanken wurde mir ganz kalt und auch ein bisschen übel. Ich schielte zur Küchenuhr, die neben dem Kühlschrank hing. Wie viele Minuten waren vergangen? Zehn? Fünfzehn?

Mein Blick streifte die Zettel und Notizen, die mit Magneten dort hingen. Dort, wo die Hahnenfeder – die jetzt in unserem Geheimversteck in Dodos Fußboden war – einmal gehangen hatte.

Und mein Herz begann zu klopfen.

Ich hatte nämlich eine Idee. Ich wusste, was ich tun konnte, um wenigstens dieses eine Unglück zu verhindern.

Ich wusste, was ich tun musste, damit Luka mich nicht auch so anguckte, wie Lizzi und Dodo mich in diesem Moment anstarrten. Ich stand auf und rannte hinaus.

Kapitel 17

»He!« Lizzi rief mir hinterher.

»Ich muss mal«, schrie ich schnell zurück.

So leise es ging, machte ich die Haustür auf und flitzte über den Hof, um die Scheune herum und stand ein paar Sekunden später vor der Rutsche. Und schon eine weitere Sekunde später saß ich obendrauf.

Ich zögerte.

Und schaute mich um.

Der Hahn stand ein paar Meter entfernt und krähte mich an. Dann kam er auf mich zugeflattert. Die Hühner, die wohl dachten, dass er sie rief, umringten ihn, gackerten fröhlich und versperrten ihm den Weg. Für einen Moment überlegte ich, ob ich mir schnell den Hahn schnappen sollte. Aber ohne seine eine verlorene Feder wäre das vielleicht ein großer Fehler.

Überhaupt – war das, was ich vorhatte, nicht sowieso ein großer Fehler?

Aber ich konnte nur an Luka denken. Er durfte nicht

sauer auf mich sein. Das würde ich nicht ertragen. Und trotzdem gab es noch einen anderen Grund zu rutschen.

Das redete ich mir jedenfalls ganz fest ein.

Ich wollte deswegen rutschen, weil wir das Handy nicht verlieren durften. Wir mussten doch herausfinden, was dort unten in der unterirdischen Kammer war. Vielleicht lag ja dort sogar der Schlüssel zu dem ganzen Zeitreisegeheimnis. Vielleicht lag dort das von uns gesuchte Notizbuch. Denn welch besseren Ort für ein Geheimversteck konnte es auf der Welt geben als einen Raum, den man nicht betreten konnte?

Ich holte tief Luft, atmete aus …

… Und rutschte los.

Wir hocken zu viert um die Bodenluke in der Scheune herum.

»Ich kann aber Seemannsknoten«, sagt Lizzi.

»Ich weiß, wie ein Knoten geht«, sagt Luka und wickelt die Schnur um das kleine Gerät.

Ich blickte mich um. Aber niemand hatte was bemerkt. Natürlich hatte niemand was bemerkt! So funktionierte das ja auch nicht.

Trotzdem.

Mein Herz wummerte wie verrückt. Und in diesem Moment lag das nicht an Luka, der neben mir hockte und jetzt konzentriert das kleine Gerät an der Schnur durch die Öffnung im Boden hinunterließ.

Ich guckte schnell weg. Auch ich konzentrierte mich. Immer wieder wiederholte ich den Satz, den Luka und Lizzi jetzt schon so oft zu mir gesagt hatten:

Ella, du bist cool.

Ella, du kicherst sonst nie total blöde herum.

Ella, auch wenn du Luka magst, du benimmst dich ganz bestimmt nicht so peinlich.

Ella, du bist cool, du bist cool, du bist …

Mein Herz beruhigte sich, und ich blieb ganz still hocken. Ich traute mich allein schon deswegen nicht, mich zu bewegen, aus Angst, dass Luka trotzdem noch wegen mir in die Luke fallen könnte.

Also machte ich am besten einfach die Augen zu und atmete ein und aus. So wie Papa es mir vor Jahren mal beigebracht hatte, weil ich als kleines Mädchen eine Zeit lang Angst hatte, im Dunkeln einzuschlafen.

Einatmen, ausatmen, entspannen, einatmen, das Herz wird ruhig, ausatmen, nicht an Luka denken, einatmen, nicht an Luka denken, ausatmen, nicht an Luka …

»Mist!« Luka neben mir schrie auf.

Sofort setzte mein so entspanntes Herz einen ganzen Schlag aus, nur um dann erst recht wie verrückt draufloszupoltern. »Was ist los?«, schrie ich, riss die Augen auf und blickte mich um. »Ich habe nichts gemacht!«

Luka neben mir war aufgesprungen und fluchte vor sich hin. Er kannte echt eine Menge Schimpfwörter, die ich noch nie zuvor gehört hatte und die ich mir unbedingt merken musste. Davon konnte man schließlich nie genug kennen.

Ich verstand jedoch zuerst überhaupt nicht, was los war. Doch dann sah ich die Schnur in seiner Hand. Und das leere Ende davon, das mehr oder weniger direkt vor meiner Nase herumbaumelte.

»Das Handy?«, wisperte ich.

Luka nickte.

»Ich habe dir gleich gesagt, dass ich das hätte machen sollen!«, zeterte Lizzi. »Ein Seemannsknoten hätte auf jeden Fall gehalten.«

»Mein Knoten war genauso gut!«, schrie Luka zurück.

»Anscheinend doch nicht!«, keifte Lizzi, die so rot angelaufen war, dass man das sogar im schummrigen Licht in der Scheune sehen konnte.

»Ich kann es jetzt auch nicht mehr ändern!« Luka klang wütend. Er klang zornig und gleichzeitig auch ein bisschen traurig und enttäuscht.

Und nein.

Ich fiel ihm nicht um den Hals. Oder ergriff seine Hand, um ihn zu trösten. Ich zwinkerte ihm nicht zu oder sagte auch nur ein einziges freundliches Wort. Ich kicherte nicht. Ich lächelte nicht einmal. Ich schluckte alles herunter.

Denn mit einem leichten Schauer, der mir über den Rücken rieselte, fragte ich mich, ob der Tonfall der Zwillinge sich verändert hatte. Hatte mein Rutsch etwa schon wieder …

Ich wagte es gar nicht, meinen Gedanken zu Ende zu denken.

Dodo drehte sich einfach um und ging aus der Scheune. Auch sie sagte nichts. Aber das tat sie ja sowieso nie. Luka murmelte irgendwas vor sich hin, und Lizzi schimpfte immer weiter. Sie war außer sich.

In diesem Moment war ich doppelt froh, dass uns Papa unterbrach. Er hatte Kuchen gebacken und rief uns zum Essen ins Haus. Und während ich hinter Dodo herschlurfte und fieberhaft überlegte, wie es jetzt weitergehen sollte, wie es weitergehen konnte und wie es weitergehen würde, stritten die Zwillinge ohne Pause.

Ob wir nicht wirklich einfach alles sein lassen sollten, so wie Dodo es immer wieder sagte? Wenn sie denn was sagte. Aber wenn wir eigentlich ganz anders waren, als wir es jetzt waren, wollte ich wirklich, dass alles so blieb, wie es im Moment war?

Zum Glück waren Susi und Papa beim Kuchenessen mit dabei. So mussten wir uns nicht über Zeitrutschen und Zeitbodenklappen unterhalten, und die Zwillinge motzten sich auch nicht mehr an.

Danach – trotz Zuckerschock, wir hatten jeder nämlich mindestens ein Stück Apfeltorte, einen gefüllten Windbeutel und vier von den selbst gemachten Schoko-Nuss-Pralinen verdrückt – gingen wir in Dodos Zimmer. Ich setzte mich sofort auf den Schreibtischstuhl – so weit es ging von Luka entfernt –, während Luka und Dodo sich auf das Bett fallen ließen. Lizzi hingegen tigerte im Zimmer herum. Plötzlich blieb sie stehen, schloss die Zimmertür und drehte sich dann zu uns um.

»Ich habe die Nase voll«, zischte sie und zeigte auf Luka. »Du weißt immer alles besser! Und machst dadurch nur alles schlimmer!«

Luka wollte etwas erwidern, aber Lizzi blitzte ihn so wütend an, dass er seinen Mund gleich wieder zuklappte.

Dann drehte sie sich zu mir: »Du, Ella, warst immer bereit zu handeln, zu tun, Pläne zu machen. Stattdessen rennst du jetzt immer nur Luka hinterher und siehst aus wie eins eurer neuen dämlichen Hühner.«

»Oh«, machte ich, und mein Magen zog sich zusammen. Ich benahm mich wie ein Huhn? Ich …

»Und du, Dodo …« Lizzi holte Luft, ich drängte den Hühnergedanken so weit in meinen Hinterkopf wie möglich, und Dodo seufzte.

Das war Lizzi wohl eins zu viel. Jetzt schrie sie richtig: »Dodo, wenn du noch einmal seufzt oder stöhnst oder die Augen verdrehst, dann flippe ich aus!«

Wir alle hielten die Luft an. Lizzi war völlig außer sich. Weder vor noch während noch nach unseren Zeitrutschen hatte ich sie jemals so erlebt.

Sie fuhr fort, immer noch an Dodo gewandt. »Du bist schlau, Dodo, und würdest niemals ein so großes und gefährliches Rätsel einfach ignorieren! Und du bist sonst immer gut gelaunt und fröhlich und nett. Genau das Gegenteil von dem, was du jetzt bist! Und weil ich wirklich sehr hoffe, dass die Veränderungen durch diese Zeitsprünge nicht auch deine eigentliche Intelligenz verändert haben, nimmst du dir jetzt gefälligst euer Notizbuch vor und überlegst dir mit uns zusammen, was wir machen können …«

Dodo atmete tief ein. Bestimmt wollte sie gleich nur wieder einen ihrer Stoßseufzer von sich geben oder mit den Augen rollen. Aber sie kam gar nicht mehr dazu, denn Lizzi trat vor sie. »Dodo«, wisperte sie heiser. »Du und Ella, ihr seid innerhalb von ein paar Tagen nach euerm Umzug hierher unsere besten Freunde geworden. Ja, wir haben Mist gebaut. Aber ihr würdet uns deswegen niemals hängen lassen. Ihr seid nicht so, wie ihr jetzt seid. Also, reißt euch zusammen. Bis wir Frau Kamitzki und Frau Sonne ausfragen können, müssen wir hier das machen, was wir hier eben machen können.«

»Du klingst gerade ein bisschen wie die echte Ella, nur wütender. Aber nicht mal, als du es hier in Kleinkotzingen noch so gehasst hast, Ella, warst du so wütend«, murmelte Luka.

Daraufhin musste Lizzi ein bisschen grinsen. »Ich kann noch wütender werden«, sagte sie.

Luka nickte. »Oh, ja. Ich weiß.« Er spreizte die Finger. »Wenn Lizzi so richtig aufdreht, dann fegt sie mit ihrer Wut alles platt.«

Lizzi stemmte die Hände in ihre Hüften und holte tief Luft.

»Aber das kommt sehr selten vor«, fügte Luka noch schnell hinzu.

»Und jetzt beruhige ich mich«, sagte Lizzi, mehr zu sich selber als zu uns.

»Ich weiß, was dir zur Beruhigung hilft«, sagte ich und beobachtete Dodo, die tatsächlich aufgestanden war und sich unsere Notizen vornahm. »Ich hole dir Twiggi.«

Ich lief zur Tür. Doch schon im nächsten Moment blieb ich wie angewurzelt stehen. Mir lief ein Eisschauer über den Rücken.

»Wer oder was«, fragte Lizzi nämlich, »ist denn Twiggi?«

Kapitel 18

»Twi-g-g-gebäck … Teegebäck!«, stammelte ich.

Luka und Lizzi winkten ab, ihre Bewegungen wieder ganz zwillingsmäßig im Takt.

»Ach lass mal, danke«, sagte Lizzi. »Ich bin noch total voll vom Kuchen.«

Luka stimmte ihr zu. »Außerdem ist Lizzis Wut meistens wie so ein Luftballon, den man mit einer Nadel pikst. Erst groß und rund, dann – *Pffffff* – nichts mehr übrig.«

»Der Einzige, der hier wie ein Luftballon ist«, konterte Lizzi sofort, »bist ja wohl du. Großer runder Kopf, aber nix drin. Nur Luft und Leere. Was meinst du, passiert da, wenn ich mal mit einer Nadel reinpikse?«

Erleichtert stellte ich fest, dass der Tonfall der Zwillinge vielleicht ein bisschen ernster war als sonst, aber anscheinend schienen sie sich doch noch zu mögen!

»Dein Kopf ist doch genauso groß, Schwesterherz, der hat mir schon in Mamas Bauch immer im Weg gelegen und …«

»Ha!«, unterbrach Lizzi ihren Bruder. »Du meinst wohl deinen runden luftballonförmigen Bauch, der mich immer …«

Dodo und ich wechselten einen Blick. Ich hob die Augenbrauen, und sie lächelte. Tatsächlich.

Dann räusperte sie sich. »Also«, sagte sie und unterbrach nun ihrerseits Lizzi: »Habt ihr die Bodenluke eigentlich untersucht?«

»Wie denn?«, fragte Luka. »Man verschwindet ja mehr oder weniger sofort in die Zukunft, wenn man da hinuntersteigt.«

»Nein«, sagte Dodo. »Ich meine die Klappe und die Bodenöffnung. Die habt ihr euch schon genau angeguckt, oder?«

»Äh, nein«, meinte Lizzi.

»Warum denn nicht?«, erkundigte sich Dodo und klang etwas gereizt.

»Äh …«

»An der Rutsche sind doch Zeichen«, sagte Dodo. »Habt ihr denn wirklich nicht nachgeguckt, ob an der Luke auch welche sind?«

»Nein?«, murmelte Luka und klang mit einem Mal ganz unsicher. Er guckte zu Lizzi, aber die schüttelte nur den Kopf.

»Na, dann los«, sagte Dodo. Sie stand auf.

Lizzi nickte zufrieden. »Ich habe es euch doch gesagt! Dodos Klugheit hat hier niemand in der Zeit verloren.«

»Zum Glück«, fand Luka und lächelte erst seine Stiefschwester und dann Dodo an. Ich wartete, dass er auch mich anlächeln würde, aber er guckte gar nicht zu mir.

Hmpf, dachte ich. Aber dann hob ich die Achseln. »Sei cool, Ella«, flüsterte ich mir selber zu.

Dodo musste mich gehört haben, jedenfalls warf sie mir einen Blick zu, aber zum Glück sagte sie nichts weiter dazu. Stattdessen kramte sie in einer ihrer Schreibtischschubladen herum, holte zwei Taschenlampen daraus hervor, drückte eine davon mir und die andere Lizzi in die Hand und ging vor.

In der Scheune hockten wir uns erneut um die Luke. Lizzi und ich leuchteten jeden Zentimeter von der Klappe ab sowie die Holzumrandung der Öffnung, die in den Boden führte.

»Hab ich es mir doch gedacht!«, rief Dodo, als mein Lampenstrahl an etwas hängen blieb. »Zahlen!«

»Und hier sind Buchstaben«, rief Lizzi und schwenkte ihre Taschenlampe aufgeregt hin und her.

Und jetzt wo wir einmal angefangen hatten, da fanden wir sie überall: Auf dem Holzrahmen waren etliche Federsymbole, Zahlen und Buchstaben eingeritzt.

»Ich habe es doch gesagt«, rief Lizzi. »Wir brauchen Dodo!«

»Es sind die gleichen Zahlen und Buchstaben wie auf der Rutsche«, fuhr Dodo fort.

»Also ist hier auch die Formel für Beschleunigung drauf?«, hakte Luka nach.

Dodo hob die Schultern. »Kann sein. Aber trotzdem erklärt die Formel nicht, wie das gesamte Ding funktioniert. Denn nur mit Beschleunigung und Geschwindigkeit ist noch niemand durch die Zeit gereist.«

»Du klingst wie ein Nerd«, murmelte ich.

»Quatsch!« rief Lizzi glücklich. »Du klingst wie Dodo.«

»Außerdem gehen wir ja davon aus, dass magische Federn im Spiel sind«, fügte Luka noch hinzu. »Ich bin ja immer noch der Meinung, dass wir die Rutsche aufsägen sollten.«

Dodo schwieg. War sie wieder in ihr schlecht gelauntes Schweigen zurückgefallen?

»Vielleicht«, sagte sie dann.

Nein, sie hatte wohl nur nachgedacht. Denn dann schüttelte sie den Kopf. »Das sollten wir uns vielleicht als allerletzte Möglichkeit aufbewahren.«

Luka nickte, und nachdem wir alles haargenau skizziert und notiert hatten, was in das Holz der Klappe eingeritzt war, fuhren die Zwillinge nach Hause.

Mehr konnten wir erst mal nicht tun.

Die nächsten Tage zogen sich dahin wie ein ausgeleiertes Gummiband. Na ja, wahrscheinlich fühlte sich das nur so an, weil wir alle ungeduldig dem Samstag entgegenfieberten.

Wir brauchten endlich Antworten.

Aber eigentlich war es in der Schule ganz lustig.

Auch wenn Lizzi und Luka standhaft behaupteten, dass es nicht normal war, dass Herr Froschmaier einem die Schultaschen trug, nur weil man ihm zufällig auf den Gängen begegnete. Oder dass er ansonsten nicht jede Antwort vorsagte, wenn wir einen Test schrieben. Sie meinten auch, dass Hausmeister Fritze nicht den ganzen Tag Lieder trällerte oder mit den Jungs und Mädchen aus der Achten unter normalen Umständen ganz sicher kein Musical einstudieren würde. Und dass unsere Mitschüler wirklich – also ganz ganz wirklich – nicht jeden Tag in der großen Pause rings um den Misthaufen herum eine Party feierten.

Aber so lustig es auch war, es war anstrengend, so zu sein, wie Lizzi und Luka es von mir erwarteten.

»Benehme ich mich wirklich peinlich?«, fragte ich Dodo einmal. Sie musterte mich von oben bis unten und sagte: »Wenn Luka in der Nähe ist, schon.«

Ich nickte traurig.

»Aber es ist schon besser geworden«, versicherte sie mir schnell. »Auch wenn ich …« Sie verstummte, und ich hakte nach: »Auch wenn du was?«

»Auch wenn ich dich gar nicht anders kenne«, flüsterte sie.

Ich schluckte. Wir guckten uns an, aber was sollten wir dazu auch noch sagen? Wir wussten beide, was los war.

Also sagte ich nichts. Peinlich sein, das war schließlich

das Letzte, was ich wollte. Also zwang ich mich dazu, von Luka fernzubleiben. So gut es ging. Schließlich gingen wir alle in eine Klasse, und mittlerweile waren die beiden mehr oder weniger bei uns auf dem Hof eingezogen. Sie waren immerhin jeden Tag bei uns, aßen mit uns und durchsuchten mit uns Hof und Scheune. Nur zum Schlafen fuhren sie noch nach Hause.

Außer an diesem Freitag.

Da schliefen sie auch bei uns.

Aufgeregt räumte ich endlich mein Zimmer auf, denn wir hatten beschlossen, bei mir das Matratzenlager einzurichten, da ich das größere Zimmer hatte.

Als ich die Schmutzwäsche in die Waschküche bringen wollte, knisterte etwas in meiner zusammmengeknüllten Jeans, die ich unter dem Bett hervorzog.

Es war der Umschlag aus der Scheune.

Den hatte ich ja völlig vergessen!

Ich drehte ihn um und betrachtete ihn von allen Seiten. Aber außer Dreck war darauf nichts zu sehen. Dennoch war er zugeklebt. Und deswegen begann mein Herz auch augenblicklich und ziemlich aufgeregt zu pochen. Ich war mir nämlich plötzlich ganz sicher, dass ich endlich einen Hinweis gefunden hatte.

Ungeduldig riss ich den Umschlag auf.

Und stöhnte im nächsten Moment schon wieder enttäuscht auf.

Im Kuvert befand sich nämlich leider kein Brief, der

Zeitreisen erklärte. Es waren keine Notizen darin oder sogar, wie ich eigentlich insgeheim gehofft hatte, ein paar magische Federn und eine Gebrauchsanweisung dazu.

Darin war lediglich ein verknicktes, vergilbtes, schwarz-weißes Foto von einem kleinen Baum in einem Garten.

Mit einem enttäuschten Seufzer und einem Schulterzucken schnippte ich das Foto Richtung Schreibtisch – es landete natürlich daneben –, schnappte mir noch die drei schmutzigen Socken, die ich in einer Ecke fand, lief hinunter und hinaus zu unserer Waschküche.

Kapitel 19

Endlich war es Samstagmorgen.

Ich hatte in der Nacht zuvor kein Auge zugetan, denn zuerst hatten wir zu viert die halbe Nacht geredet und uns genau überlegt, was wir die beiden Frauen fragen wollten, und dann hatte ich den Rest der Nacht wach gelegen.

Erstens, weil Luka so niedlich aussah, wenn er schlief. Zweitens, weil Dodo schnarchte – sogar im Schlaf klang sie schlecht gelaunt –, und drittens –, weil ich so viel denken musste.

Ein Gedanke hatte sich besonders breit in meinem Gehirn gemacht und ließ mir keine Ruhe: Wenn Dodo und ich, sollten wir die Zeit wieder zurechtrücken können, uns gar nicht mehr daran erinnern könnten, dass wir jetzt angeblich so anders waren, als wir es eigentlich waren, dann war das ja …

Hm …

Was war das?

Gruselig!

Total gruselig, weil wir zwar davon wussten, aber eben keine Erinnerungen hatten. Und peinlich! Deswegen beschloss ich in dem Moment, ein Tagebuch zu führen!

Dann konnte ich wenigstens alles nachlesen! Der Gedanke nämlich, sich daran zu erinnern, dass man sich eben nicht erinnert, der machte nicht nur Kopfschmerzen, sondern auch Bauchschmerzen. Ich nahm mir vor, gleich morgen damit anzufangen.

Und dann gab es noch einen weiteren Gedanken, der mir Sorgen bereitete: Ich hatte niemandem von meinem Zeitrutsch erzählt.

Es war ja auch nicht viel passiert, außer dass die Hitze nachgelassen hatte – was ja nun auch gar nichts mit meinem Rutschen zu tun haben musste, schließlich ging der Sommer langsam zu Ende. Und Lizzi einen extremen Wutanfall hatte – aber jeder konnte doch mal einen ordentlichen Wutanfall haben, oder? Und das kleine Kätzchen verschwunden war – was genau genommen natürlich doch ziemlich schlimm war. Ich fragte mich, ob ich es nicht doch noch erzählen sollte.

Oder lieber nicht?

Machte es in diesem ganzen katastrophalen Chaos überhaupt einen Unterschied, wenn ich das beichten würde?

Und während ich hin und her überlegte und mich bestimmt zum dreihundertsiebten Mal fragte, was denn nun aus den drei Gänsen geworden war, warum ausgerechnet sie verschwunden geblieben waren und ob das Kätzchen in

Sicherheit und vielleicht sogar bei ihnen war, da muss ich dann doch kurz eingeschlummert sein.

Kurz!

Das wichtigste Wort hier war kurz!

Viel zu kurz.

Das spürte ich sofort, als mich das Hämmern von Papa und das Krähen vom Hahn – an diesem Morgen zeitgleich und, wie mir schien, besonders laut – weckten. Ich fühlte mich wie nach einer Doppelstunde Sport mit anschließendem Marathonlauf und ganz bestimmt nicht wie an einem schulfreien Samstagmorgen, an dem normale Menschen ausschlafen konnten.

Aber wenn wir den Zwillingen glauben sollten, dann war momentan nicht wirklich viel normal.

Mit einem Ächzen drehte ich mich um, setzte mich auf und erblickte Luka.

Schlagartig ging es mir besser. Aber ich kicherte nicht oder himmelte ihn an, sondern verkniff mir das – *Ella sei cool* – und ging daher nur mit einem kleinen, gemurmelten *Guten Morgen* Richtung Bad.

Dodo grummelte: »Was soll denn daran gut sein?«

»Dodo!« Lizzi klang streng.

Dodo hob die Hände und sagte: »Schon gut, schon gut.« Sie setzte eines der falschesten Lächeln auf, die ich je gesehen hatte, aber Lizzi schien zufrieden.

»Schon besser«, sagte sie.

Dann sprangen die Zwillinge auf und trieben uns zur

Eile an. Keine Ahnung warum, denn die Gastwirtschaft von Frau Sonne machte erst mittags auf und es war ja, wie gesagt, noch quasi mitten in der Nacht. Aber Lizzi fand, wir müssten uns um alle Tiere kümmern. Ich fand ja, dass das Susis Aufgabe war, aber ich machte mit, denn nichts ließ die Zeit langsamer verstreichen als Nichtstun.

Endlich kroch der Uhrzeiger auf die Mittagsstunde zu, und wir fuhren in den Ort. In meinem Rucksack, der jetzt auf meinem Rücken baumelte, hatten wir die kleine Feder-Schatulle verstaut.

Lizzi und Luka quasselten den gesamten Weg ohne Ende, Dodo und ich blieben still. Wir stellten unsere Räder neben den Kletterrosen ab und gingen hinein.

Es war erst 11.30 Uhr und die Wirtsstube noch leer, und auch von Frau Sonne und Frau Kamitzki gab es keine Spur. Nur ein leckerer Duft hing in der Luft – es roch nach Tomatensoße und Apfelkuchen. Ein Klappern ertönte aus der Küche.

Wir guckten uns an und nickten uns gegenseitig zu. Ein bisschen kam ich mir vor wie in einem billigen Agentenfilm, besonders als Luka erst auf seine Augen und dann in alle vier Richtungen zeigte, aber dann ging jeder an eine Wand, um die Bilder anzugucken.

So wie wir es vorher auch besprochen hatten.

Da ich mittlerweile wusste, dass ich den Kamitzki an seinen abstehenden Ohren erkennen konnte, sah ich ihn auf vielen Bildern wieder. Auf den meisten war er zusammen mit der kleinen Frau Sonne, und manchmal war noch ein etwas älteres Mädchen mit drauf, das einen kleinen Dackel an der Leine oder auch ein paarmal im Arm hielt.

»Wisst ihr, wer das dritte Kind auf den Bildern ist?«, fragte ich in den Raum.

»Das bin ich!«, ertönte es hinter mir.

Ich fuhr erschrocken zusammen und dann herum. In wehenden Röcken kam Frau Kamitzki in die Gaststube hinein und blieb neben mir stehen. Sie stierte von dem Foto, das ich gerade betrachtet hatte, zu mir, ihr Glasauge dabei seltsam bewegungslos.

Ich öffnete meinen Mund, aber Frau Kamitzki sagte: »Wie lange ich nicht mehr hier war«, und schüttelte den Kopf. Ich glaube, sie sprach gar nicht mit mir, sondern eher mit sich selbst. Dann beugte sie sich vor und betrachtete die Fotos, die ich auch gerade angeguckt hatte. »Merkwürdig«, murmelte sie. »Ich kann mich gar nicht …«

Ein Scheppern ertönte hinter uns, und jemand sog hörbar die Luft ein. Frau Sonne war aus der Küche in die Gaststube getreten. Anscheinend wollte sie gerade Blumenvasen auf den Tischen verteilen, denn zwei davon waren ihr jetzt vom Tablett gerutscht und auf dem Boden zerbrochen. Aber darum kümmerte sie sich gar nicht, sondern blickte Frau Kamitzki nur mit weit aufgerissenen Augen an.

»Hallo Maddi«, sagte die und machte einen Schritt auf Frau Sonne zu.

Die aber wich einen Schritt zurück.

»Wie geht es dir?«, fuhr Frau Kamitzki fort. »So viele Jahre haben wir uns nicht gesehen. Wie viele sind es mittlerweile?«

Frau Sonne schüttelte den Kopf. Sie war so weiß wie ihre Haare geworden.

»Dreißig Jahre?«, fragte Frau Kamitzki. »Oder mehr? Ich glaube, das letzte Mal haben wir uns in dem Sommer nach Kasimirs Afrikareise gesehen, oder?«

Frau Sonne stieg über die Scherben hinweg, stellte das Tablett auf dem nächstgelegenen Tisch ab und deutete auf die Tür.

»Maddi«, sagte Frau Kamitzki und klang dabei plötzlich ganz traurig. »Warum sprichst du nicht mit mir? Was ist damals passiert? Sag mir doch, ob ...« Sie brach ab. In dem Moment schien sie sich daran zu erinnern, dass wir auch noch da waren. Sie räusperte sich und sagte nur noch: »Ich bin hier mit diesen Kindern verabredet. Könnten wir uns vielleicht kurz hinsetzen. Und was trinken?«

Frau Sonne löste endlich ihren Blick von Frau Kamitzki und guckte zu uns. Sie atmete tief durch, nickte kurz – sehr kurz –, kehrte um und ging zurück in die Küche.

Wir setzten uns daraufhin an einen Tisch, der mit einer Kante gegen die Wand stand.

»Und wer seid ihr?«, fragte Frau Kamitzki die Zwillinge.

»Wir sind die Lombardi-Zwillinge vom *Kleinerlei* und mit Ella und Dodo befreundet«, antwortete Lizzi.

»Lombardi?«, hakte Frau Kamitzki nach. »Ich glaube, ich kannte eure Großmutter.«

Lizzi und Luka nickten.

»Habt ihr die Schachtel mitgebracht?«, fragte Frau Kamitzki dann Dodo und mich.

Ich nahm meinen Rucksack ab und holte die flache hellbraune Holzschachtel, bemalt mit einem kleinen goldenen Vogel, dessen Flügel in Flammen standen, daraus hervor. Versehen war sie mit einem winzigen verrosteten und verschnörkelten Schloss.

Dodo guckte ins Leere, und ich guckte zu Luka. Glücklich lächelte ich ihn an. Vielleicht könnten wir zwei ja gleich noch alleine einen Spaziergang …

… ich zuckte zusammen, als Lizzi erst mir gegen den Oberarm boxte (sie musste davor über den Tisch langen!) und dann das Gleiche bei Dodo machte: »Reißt euch zusammen«, zischte sie.

Dodo seufzte leise, und ich guckte schnell von Luka weg und deutete auf das Kästchen in der Hand von Frau Kamitzki. »Ist das ein Phönix?«, fragte ich sie, obwohl ich es ja wusste. Aber wir waren ja schließlich hier, um herauszufinden, was *sie* wusste.

»Wo ist denn der Schlüssel?«, fragte sie, statt zu antworten.

»Der ist nicht dabei«, sagte ich. Das war schließlich nicht gelogen. Der Schlüssel war nicht dabei, denn er lag in unserem Geheimfach in Dodos Fußboden.

»Gut«, sagte Frau Kamitzki erleichtert. »Dann war es also die ganze Zeit verschlossen.«

»Was ist denn in dem Kästchen drin?«, erkundigte ich mich, allerdings nur, weil Luka mich angestubst hatte. Von mir selber unbemerkt, war ich näher an ihn herangerutscht. »Sind da Federn drin? Sie sagten mal was von Federschmuck aus Afrika?«

Frau Kamitzki nickte und wollte aufstehen. In dem Moment aber kam Frau Sonne mit einem Tablett Gläser und einer Flasche Wasser darauf aus der Küche.

»Sind da vielleicht sogar Phönixfedern drin?«, fuhr ich mit meinen Fragen fort.

Frau Sonne trat an den Tisch. Bei meinen Worten zuckte sie zusammen. Sie warf mir einen Blick zu, drehte sich zu Frau Kamitzki, erblickte das Kästchen in ihrer Hand und knallte das Tablett mit einer solchen Wucht auf den Tisch, dass er wackelte und gegen die Wand ruckelte.

Ein Bilderrahmen löste sich und klackerte auf den Tisch. Die kleine Scheibe zerbrach. Lizzi, die am nächsten an der Wand saß, zog den kaputten Bilderrahmen zu sich heran und das Foto daraus hervor.

»Schaut«, sagte sie. »Da sind wieder Sie drauf, Frau Sonne. Zusammen mit Herrn und Frau Kamitzki.« Sie deutete mit dem Zeigefinger auf Letztere im Bild. »Sie hatten aber einen süßen Hund, Frau Kamitzki.«

Frau Kamitzki runzelte die Stirn und schnappte sich das Foto aus Lizzis Fingern. »Süß? Hm«, murmelte sie. »Aber ich kann mich gar nicht erinnern, dass ich mal einen Hund hatte.«

Frau Sonne gab einen Laut von sich. Er klang wie ein Schniefen.

»Der Hund ist aber auf den meisten Fotos mit drauf«, sagte Luka.

»Sehr seltsam«, sagte Frau Kamitzki.

Und ich bekam eine Gänsehaut. Ich guckte von Dodo zu den Zwillingen. Und auch sie blickten erst sich und dann mich an.

»Haben Sie den Hund vergessen?«, wisperte Lizzi.

Ganz bestimmt dachte sie an ihren eigenen Hund, den sie einmal vergessen hatte. Weil wir, Dodo und ich, ihn nämlich in der Zeit weggerutscht hatten.

»Wie kann man etwas vergessen, von dem man nichts weiß?«, murmelte Frau Kamitzki und studierte noch mal das Foto.

Frau Sonne machte wieder ein Geräusch. Dann lief sie zurück in die Küche und kam mit einem Schild in der Hand zurück.

Sie zeigte auf die Tür, bedeutete uns rauszugehen und hielt uns dann das Schild vor die Nase.

»Maddi!«, rief Frau Kamitzki. »Sprich doch mit mir!«

Aber Frau Sonne deutete mit dem Kinn zur Tür und hielt stur das Schild in die Höhe.

In großen Buchstaben stand darauf:

HEUTE GESCHLOSSEN

Kapitel 20

Für einen Moment standen wir alle wie vergessene Gepäckstücke vor Frau Sonnes Restaurant herum. Frau Kamitzki umklammerte die Phönixschachtel und hielt sie gegen ihren Bauch. Dabei schaute sie nachdenklich umher.

Nach und nach trudelten die Kleinkotzianer ein, die verwirrt vor der verschlossenen Tür stehen blieben und das Schild, das Frau Sonne mittlerweile von außen darangehängt hatte, mit Überraschung lasen.

»Sie ist doch hoffentlich nicht krank, die Frau Sonne?«, hörten wir einen alten Herrn fragen.

Und ein anderer antwortete: »Das letzte Mal, als Maddi das Schild aufgehängt hat, da wollte dieser Kamitzki bei ihr essen.«

»Tsts«, erwiderte der erste Herr. »Der ist doch zum Glück nun schon eine Weile nicht mehr da und verbreitet Furcht …«

Der alte Mann blickte von uns zu Frau Kamitzki. Kurz

musterte er sie, vielleicht erkannte er sie sogar, jedenfalls sprach er nicht weiter.

»Ich sollte los«, murmelte Frau Kamitzki, die in diesem Moment überhaupt nicht mehr streng oder unfreundlich klang, sondern eher traurig und unsicher.

»Wir haben aber noch Fragen«, rief Lizzi. »Wir können ja ein bisschen spazieren gehen.«

Dodo stöhnte, und Lizzi hakte sich kurzerhand bei ihr unter und zog sie mit. Ich kicherte. Gute Idee. Und tat es ihr nach. Zumindest das mit dem Unterhaken. Ich ergriff Lukas Arm. Da konnte er stöhnen, so viel er wollte, aber heute kam er mich nicht davon.

Und Frau Kamitzki – unerwarteterweise – stimmte zu.

Also liefen wir die Auffahrt hinunter und kurz die Straße entlang. Aber weil uns immer mehr hungrige Kleinkotzianer entgegenkamen, bogen wir so schnell wie möglich in den nächsten Feldweg ab.

Davon gab es hier ja schließlich genügend!

Ich sah, wie Lizzi ihren Ellenbogen in Dodos Rippen stieß. Dodo zuckte zusammen, aber sie räusperte sich. »Was hatte Frau Sonne denn?«, fragte sie.

»Ach«, machte Frau Kamitzki nur und sagte eine ganze Weile gar nichts. Gerade als Lizzi mit ihrem Ellenbogen erneut ausholte, begann sie plötzlich zu sprechen: »Maddi und mein Bruder waren früher die besten Freunde und unzertrennlich. Als ältere Schwester musste ich immer auf die beiden aufpassen.« Sie sog Luft ein und schwieg wieder einen Moment, dabei blickte sie in die Ferne. Bestimmt dachte sie an ihre Kindheit.

»Irgendwann war ich mit der Schule fertig«, sprach Frau Kamitzki endlich weiter, während sie noch immer über die Felder blickte und nicht zu uns. »Und auch Maddi und Kasimir waren schon Teenager. In den Sommerferien damals nahm uns unser Vater Kasimir mit nach Afrika, ich weiß nicht mehr genau, in welchem Land er damals arbeitete. Unser Vater war Ingenieur und hat Brücken gebaut«, fügte sie als Erklärung hinzu. »Kasimir hatte diese Schachtel mitgebracht.« Frau Kamitzki presste das flache Kästchen noch fester an ihren Bauch. »Und seit dieser Reise war er wie ausgewechselt. Wie …«

Sie verstummte und blieb abrupt stehen.

Ich war so damit beschäftigt gewesen, Luka neben mir anzugucken, dass ich ihr fast in den Rücken gelaufen wäre, wenn Luka mich nicht zurückgerissen hätte. Kurzerhand löste er dann seinen Arm aus meinem und wisperte: »Ella, konzentrier dich.«

Frau Kamitzki lief und sprach bereits weiter: »Ich weiß nicht genau, was damals passiert ist. Mein Bruder und Maddi hatten ein Geheimnis, das weiß ich noch. Sie flüsterten immer und verstummten sofort, wenn ich in ihre Nähe kam. Und sie hatten immer dieses Kästchen dabei. Kasimir behauptete, dass es Federn eines echten Phönix waren. Aber Phönixe …« Sie lachte kurz und spitz auf. »Phönixe gibt es doch nur in Geschichten.«

Wieder hielt Frau Kamitzki an und drehte sich zu uns um. Dodo lief ganz am Ende und schaute stur auf das Weizenfeld rechts von uns. Ich bin mir sicher, dass sie dahinten sowieso nichts davon mitbekam, was Frau Kamitzki hier vorne erzählte. Ich glaube, ihr war das auch völlig egal.

Lizzi hingegen war das nicht egal, sie drängelte sich auf dem schmalen Pfad an Luka vorbei bis zu mir. Sie flüsterte: »Also doch: Phönixfedern!«

Frau Kamitzki seufzte: »Und mir war das alles egal damals. Ich war schon fast erwachsen und reiste auch bald ab, um eine Lehre in Hamburg anzufangen.« Sie schluckte. »Aber was ich weiß, ist, dass die Freundschaft zwischen Maddi und Kasimir von einem Tag auf den anderen vorbei war. Ich weiß es noch wie heute …« Wieder machte sie eine Pause.

Aber keiner von uns sagte etwas. Denn irgendwie schien es, als hätte sie für einen Moment vergessen, dass wir da waren, es schien, als würde sie mit sich selber sprechen. Wir wagten es gar nicht, sie zu unterbrechen, denn vielleicht würde sie dann nicht weiterreden.

Also warteten wir.

Endlich fuhr sie fort. »An dem Tag zog plötzlich ein heftiges Gewitter auf.«

Bei dem Wort *Gewitter* ergriff Lizzi meine Hand, und sogar Dodo kam endlich etwas näher.

»Maddi und Kasimir waren hinten im Garten. Und ich weiß noch, dass Maddi einfach wegrannte. Sie hat nie wieder ein Wort mit Kasimir gewechselt. Hat er jedenfalls mal erzählt – ich bin, wie gesagt, kurz darauf nach Hamburg abgereist.«

»Sie spricht auch heute nicht«, sagte Lizzi leise.

»Was?« Frau Kamitzki zuckte zusammen und sie fuhr zu uns herum.

»Frau Sonne«, erklärte Lizzi. »Meine Oma hat mal erzählt, dass Frau Sonne seit ihrer Kindheit nicht mehr gesprochen hat. Bis heute.«

»W-wie bitte?«, Frau Kamitzki machte die Augen zu, und ich bemerkte, dass das Glasauge nicht richtig schloss.

Luka schubste mich an, aber ich wusste nicht, was er von mir wollte.

»Waren die beiden zufällig zusammen bei der Rutsche?«, fragte Luka dann. »An diesem Tag?«

Frau Kamitzki hob die Schultern. »Ich habe keine Ahnung. Ich war doch nicht dabei. Aber eine Rutsche hatten wir damals schon. Steht die nicht noch immer da? Ich meine, ich hätte sie bei meinem letzten Besuch gesehen.« Sie blickte zu mir und Dodo.

Ich nickte. »Und wie war Ihr Bruder so? Was hat er mit all den Federn gemacht? Und hatte er nicht sogar einen Federhut?«, fragte ich und lächelte glücklich, als Luka seinen Daumen nach oben hielt und mir zuzwinkerte.

»Er war besessen von Federn und Vögeln und …« Sie hielt inne. »Wir hatten nie ein gutes Verhältnis, er und ich. Ich bin in Hamburg geblieben und nie wieder hierher zurückgekehrt. Wir hatten wenig Kontakt. Nur einen Brief eigentlich, der mich in der alten Mietwohnung erreichte … Er wusste ja nicht mal, dass ich mir erst kürzlich eine Eigentumswohnung am Stadtrand gekauft hatte. Und seit er verschwunden ist …«

»Wie, verschwunden?«, rief Lizzi.

Auch ich guckte überrascht von Luka weg und zu Frau Kamitzki hin. »Ich dachte, er ist verstorben?«

Doch Frau Kamitzki schüttelte den Kopf. »Nein. Das habe ich nur erzählt, weil … weil er hier im Ort so einen schlechten Ruf hatte … und …« Sie hob die Achseln.

»Wir hatten alle Angst vor ihm«, murmelte Lizzi.

»Deswegen habe ich behauptet, er sei tot, und einen Nachlassverwalter bestellt, der sich um den Hof kümmert.«

»Und warum wollten Sie unbedingt das Kästchen wiederhaben?«, fragte plötzlich Dodo. Also hatte sie doch zugehört.

»Weil es das Einzige ist, von dem ich weiß, dass es meinem Bruder wichtig war. Alles andere …« Sie schüttelte den Kopf. »Alles andere hat ihn irgendwann nicht mehr interessiert.«

»Und was ist mit seinem Hut?«, fragte ich noch einmal.

»Ich weiß nichts von einem Hut«, erwiderte Frau Kamitzki.

»Und was hat er Ihnen in dem Brief geschrieben?«, fragte Lizzi.

Frau Kamitzki blinzelte. Und mir kam es vor, als blinzelte sie die jetzige Frau Kamitzki weg und die wieder her, die wir vor ein paar Wochen kennengelernt hatten: streng und eher unfreundlich. Sie verzog den Mund: »Das geht euch ja wohl gar nichts an.«

»Aber …«

»Nichts aber.« Und mit diesen Worten drehte sie sich um und ging mit riesigen Schritten den Weg, den wir gekommen waren, wieder zurück.

Auch wir machten kehrt und folgten ihr. Für eine ältere Dame in so einem langen Rock war sie ganz schön schnell. An der Straße angelangt, bog sie Richtung Gastwirtschaft ab. Dort hatte sich mittlerweile eine ganze Traube von Leuten angesammelt, die zum Mittagessen gekommen waren und sich mehr oder weniger wunderten, warum Frau Sonne nicht aufschloss. Auch Papa und Susi waren dort sowie Herr Froschmaier und ein paar unserer Mitschüler, die uns sofort fröhlich zuwinkten.

»Juhu-huhu«, flötete unser Lehrer.

»Da seid ihr ja«, rief Susi.

Frau Kamitzki machte Anstalten, sich davonzustehlen. Lizzi packte mich an der Hand. »Komm«, zischte sie mir zu. »Wir müssen sie wenigstens noch eins fragen.« Und zog mich hinter Frau Kamitzki her.

»Warten Sie«, rief Lizzi.

Aber Frau Kamitzki wartete nicht.

Darum legten wir einen Zahn zu. Gerade als wir auf

Höhe der Einfahrt waren, sah ich, wie Frau Sonne an ein offenes Fenster in ihrem Haus getreten war und hinausschaute. Hatte sie es sich anders überlegt? Wo so viele auf sie warteten? Öffnete sie doch?

»Frau Kamitzki«, Lizzi schrie jetzt fast, da die alte Dame einfach nicht anhielt. »Haben Sie denn Ihren Hund nie wiedergesehen?«

Nur kurz drehte Frau Kamitzki sich noch einmal um: »Ich sagte es bereits: Ich habe noch nie einen Hund gehabt.«

»Doch!«, rief jetzt ich. »Ihre Erinnerung ist nur in der Zeit verloren gegangen!«

Ich guckte zu Frau Sonne, als ich das rief. Die zuckte bei meinen Worten zusammen, warf mir einen erschrockenen Blick zu und schlug dann das Fenster mit einem solchen Ruck wieder zu, dass es ein Wunder war, dass es heile blieb.

Kapitel 21

Dinge, die wir heute erfahren haben (ich – Lizzi – schreibe hier, da Dodo und Ella nicht mehr ganz normal sind!)

· Frau Sonne weiß etwas, wir müssen irgendwie mit ihr reden, vielleicht können wir ihr schreiben, wenn sie nicht sprechen kann oder will?
· Frau Kamitzki hat ihren Hund vergessen!!!! Wie ich meine Molli. Aber sie hat die Erinnerung nie wiedererlangt. Bedeutet das, dass der Kamitzki einige Zeitveränderungen nicht rückgängig gemacht hat?
· Es gab ein Gewitter an dem Tag, an dem Frau Sonne mit dem Sprechen aufhörte, bedeutet das, dass K. in die Vergangenheit gerutscht ist?
· Es waren wirklich Phönixfedern in dem Kästchen – sind sie in der Rutsche?
· Oder am Hut, wie Dodo vermutet?
· Ich habe Dodo und Ella Gummibänder gegeben, die sie sich um die Handgelenke streifen mussten. Und immer, wenn

sie vergessen, wie sie eigentlich sein sollten, sollen sie daran ziehen – das ziept nämlich ein bisschen.

· Was haben die Gummibänder hiermit zu tun? (das schreibe ich – Luka)

· ***Die haben mit allem hier zu tun, schließlich sind unsere Zukunftssprünge schuld an ihrem seltsamen Benehmen! Ich vermisse meine Freunde (Lizzi).***

· Ich vermisse sie auch (Luka).

Frau Sonne hatte das ganze Wochenende nicht wieder aufgemacht. Es war für viele Kleinkotzianer das Aufregendste, was seit Wochen hier passiert war. Hatten die es gut! Wenn die wüssten, dass das Aufregendste, was wir seit Wochen erlebten, Zeitreisen waren, was die wohl sagen würden?

Es war Sonntagmorgen, und Luka und Lizzi waren noch nicht da. Ich starrte mein gerötetes Handgelenk an, das mit dem Gummiband, das Lizzi mir gegeben hatte. Immer wieder schnippte ich es gegen meine Haut, um nicht zu vergessen, was wir eigentlich machen mussten. Leider gehörte nicht dazu, ein Picknick mit Luka zu planen. Oder mit ihm spazieren zu gehen. Oder …

Schnipp

Aua

…

Ich war müde, denn ich hatte am Abend noch mit meinem Tagebuch begonnen. Und wenn ich eins gelernt hatte in den letzten Tagen, dann, dass man seinen Erinnerungen nicht trauen konnte und sie am besten alle festhielt. Wer weiß, wie lange man sie hatte? Oder wie lange sie stimmten?

Aber jetzt studierte ich unser Zeitreisenotizbuch. Dodo saß neben mir am Schreibtisch. Ihr Handgelenk sah ganz ähnlich aus wie meins. Wir hatten noch Beschreibungen der Fotos hinzugefügt, auch Lizzi und Luka hatten mitgeholfen.

Dodo las gerade, was die beiden geschrieben hatten. Das Schnipp-schnipp-schnipp ihres Gummibandes nervte. Also stand ich auf, um runterzugehen. Dabei entdeckte ich das Foto aus dem Umschlag, das neben meinem Schreibtisch mit der Bildseite nach unten auf dem Boden lag. Auf der Rückseite stand etwas geschrieben. Warum war mir das nicht vorher aufgefallen? Schnell hob ich das kleine Foto auf und las, was da stand.

Ich bekam sofort Herzklopfen.

Ich kannte die Handschrift nämlich. Es war die gleiche Handschrift wie in dem Vogelnotizheft. Der verrückte Kamitzki hatte es geschrieben!

Die Vergangenheit und die Zukunft sind eins

stand da.

»Die Vergangenheit und die Zukunft sind eins«, flüsterte ich.

»Was?« Dodo guckte vom Notizheft auf.

Ich hielt ihr das Foto mit der Inschrift vor die Nase.

»Was für ein Blödsinn«, sagte sie sofort.

Diesmal griff ich nach ihrem Gummiband, zog daran und ließ es zurückschnappen.

»Aua!«, beschwerte sie sich auch sofort. »Was sollte das denn?«

»Das ist kein Blödsinn«, sagte ich und fand, dass ich gerade ein bisschen wie Lizzi klang. »Das hat der Kamitzki geschrieben. Und deswegen muss es eine Bedeutung haben!«

Dodo nahm mir das Foto ab und betrachtete beide Seiten.

»Aber das ergibt doch keinen Sinn«, sagte sie. »Und was bedeuten die Zahlen da?«

Unter dem Spruch standen drei Ziffern: 377.

»Keine Ahnung, ich glaube, die bedeuten gar nichts«, sagte ich. Und dann fuhr ich fort und sagte das, was bestimmt Lizzi auch gesagt hätte, wäre sie da gewesen: »Denk doch mal nach, Dodo. Du bist die Schlauste von uns. Was könnte mit dem Spruch gemeint sein?«

Dodo stand auf, ging ans Fenster, guckte raus und drehte sich dann wieder zu mir um. »Ella«, begann sie und zog an ihrem Gummiband. »Ich habe keine Ahnung. Ich habe einfach keine Ahnung. Ich kann das mathematisch nicht erklären, und von Magie habe ich auch keine Ahnung.

Magie gibt es doch eigentlich überhaupt nicht.« Sie klang ganz kläglich, so als wollte sie gleich anfangen zu heulen.

Allerdings hatte ich bei dem Wort *mathematisch* aufgehört zuzuhören. Ich hatte nämlich einen Gedanken: »Mensch, Dodo, Mathe! Das ist es!«

»Was?« Dodo guckte mich überrascht an.

»Na, das ist wie bei der Bruchrechnung«, sagte ich.

»Hä?« Dodo griff nach dem Gummi und zog und ließ los, zog und ließ los, zog …

»Stell dir einen Bruch vor«, begann ich und fing ebenfalls an, an dem Gummi an meinem Handgelenk zu ziehen. »Man kann einen Bruch doch kürzen, oder?«

Dodo nickte.

»Und wenn Zähler und Nenner gleich sind und man kürzt, dann …«

»Dann ist man in der 5. Klasse«, murmelte Dodo. »Wir sind doch in der sieb…«

»Oh wie schön«, ertönte plötzlich Lizzis Stimme, und schon im nächsten Moment hüpfte sie ins Zimmer. »Ihr seid wieder die Alten.«

»Wo ist denn Luka?«, fragte ich sofort.

Dodo zupfte weiter.

Ich sah Lizzis Gesichtsausdruck, der von fröhlich zu ernst wurde. Schnell zupfte ich auch, und Lizzi seufzte.

»Aber immerhin funktioniert dein Trick mit den Gummibändern«, kommentierte Luka, der nun auch dazukam.

Ich konzentrierte mich auf mein Gummiband und

guckte nur Lizzi und Dodo an. Schnell zeigte ich den Zwillingen das Foto und setzte mit meiner Erklärung fort: »Also, wenn über und unter dem Bruchstrich die gleiche Zahl steht, dann kann man sie doch wegkürzen, und es kommt eins raus.«

Alle nickten.

»Und wenn oben die Zukunft steht und unten die Vergangenheit und beide gleich sind«, sprach ich schnell weiter, bevor ich meinen Gedankengang selber nicht mehr verstand, »dann kommt auch eins raus. Dann haben die beiden sich sozusagen aufgehoben.«

»Hm«, machte Luka und sah ganz nachdenklich aus.

»Ella«, sagte Dodo. »Du hast keine Ahnung von Mathematik. Warum benutzt du sie eigentlich immer, um was zu erklären?«

Ich hob die Schultern.

»Jedenfalls redest du Unsinn«, sagte sie.

»Gar nicht!«, fand ich.

»Was willst du denn damit genau sagen?«, fragte Luka.

»Ich glaube, dass wir«, sagte ich, »dass wir alles wieder richten können, wenn wir gleichzeitig in die Zukunft und in die Vergangenheit reisen. Ganz genau gleichzeitig.«

»Du willst rutschen?«, fragte Dodo.

»Und in die Luke kriechen?«, wisperte Lizzi.

Ich nickte. Plötzlich war ich mir ganz sicher, dass das die Bedeutung von dem Satz auf dem Bild war. »Und damit hebt sich alles gegenseitig auf.«

»Und am Ende bleibt nur noch …«, sagte Luka grübelnd.

»Und am Ende bleibt nur eins über, wie in der Bruchrechnung. Eins, eine einzige Zeit. Die richtige Zeit eben!«

Luka lächelte mich an. Mit einem riesigen Lächeln.

Ich grinste zurück.

Und begann wie wild an meinem Gummiband zu ziehen.

Kapitel 22

So langsam tat mir nicht nur mein Handgelenk weh. Ich bekam auch Bauchschmerzen. Schließlich war ich ja gerutscht, kurz nachdem Luka in die Luke gefallen war. Aber außer, dass Twiggi verschwunden war, war doch eigentlich nichts wirklich Schlimmes passiert. Oder? Und in meiner Theorie ging es doch darum, dass es genau gleichzeitig passieren musste: einmal vor und zurück in der Zeit an genau demselben Zeitpunkt.

Dann würde alles so sein wie vorher.

Das glaubte ich!

Das hoffte ich.

Dodo nicht. »Also, ich weiß nicht«, murmelte sie gleich mehrmals und hielt uns ihre Armbanduhr vor die Nase. »Wenn wir um 10 Uhr springen und rutschen sollten, dann kommen die einen um 9.30 an und die anderen um 10.30. Wie soll dadurch alles wie vorher werden?«

»Die Vergangenheit und die Zukunft sind eins.« Ich deutete auf das Foto und die Schrift darauf.

»Aber das hat doch nichts mit Bruchrechnung zu tun«, rief Dodo nun zum bestimmt 13. Mal. »Und was sind das für Zahlen, die danebenstehen?«

»Stimmt«, sagte Lizzi. »Aber …«

»Aber einen Versuch ist es doch wert«, ergänzte Luka.

Wir schwiegen. Ich lächelte Luka an, und Dodo grummelte was davon, dass ich doch keine Ahnung von Mathe hatte.

»Und was ist, wenn alles noch schlimmer wird?«, fragte Lizzi nach einer kurzen Pause. Sie blickte zu uns, zu mir und zu Dodo. Wir beide fummelten an den Gummis an unseren Armen herum, und Lizzi seufzte.

»Viel schlimmer kann es doch kaum werden«, sagte Luka und sah sehr nachdenklich aus. »Wir sollten uns aber wohl besser für eine halbe Stunde trennen.«

Ich lächelte ihn nicht mehr an. »Wieso denn, du bist doch …« Ich warf schnell einen Blick zu Lizzi und fuhr fort: »*Ihr* seid doch gerade erst gekommen.«

»Ja«, erwiderte er. »Aber wenn ihr in die Vergangenheit rutscht, dann treffen wir uns doch wieder vorher, bevor wir alle die Zeitsprünge machen.«

»Und?«

Luka hob die Schultern. »Ich habe nur überlegt, dass wir uns einfach vorher nicht treffen sollten. Vielleicht braucht die Zeit …« Er verstummte mitten im Satz.

»Vielleicht braucht die Zeit Zeit?«, nahm Lizzi den Satz auf und machte daraus eine Frage. »Um sich zu erholen?«

Ich nickte. Das klang doch logisch. Na ja, gut, logisch war hier vielleicht das falsche Wort. Aber wenn ich eins gelernt hatte in dieser ganzen Sache – selbst wenn meine Erinnerungen die falschen waren –, so war es das: Logisch war hier nichts, Zeitreisen gab es eigentlich nicht, aber die Rutsche und die Luke funktionierten ja trotzdem. Und wenn es Fabelwesenmagie war, dann war doch sowieso einfach alles möglich, oder?

Dodo stöhnte. »Das ergibt doch alles gar keinen Sinn.«

»Ich finde schon«, sagte ich. Ich wollte einfach daran glauben.

Dodo atmete hörbar ein und aus, bestimmt nur, um uns zu zeigen, wie genervt sie war. Dabei nervte doch nur sie mit ihrer üblen Laune! Sie betrachtete das kleine Foto noch einmal und schnippte es dann mit einem achtlosen *Pfff* einfach auf den Boden.

Lizzi hob es auf. »Hey«, rief sie. »Das Foto kenne ich. Jedenfalls so ein ähnliches. Das gleiche habe ich heute bei Frau Sonne an der Wand gesehen. Nur waren darauf auch die Kamitzkis und Frau Sonne. Der Kamitzki hatte eine Kiste in der Hand. Und die Mädchen haben diesen Baum eingepflanzt.«

»Echt? Zeig mal!« Luka riss ihr das Foto aus der Hand. »Das ist doch euer Kirschbaum!«

»Und der ist weg«, kam es von Dodo.

Luka nickte. »Und darum machen wir jetzt, was Ella vorgeschlagen hat. Wenn der Kirschbaum danach wieder da ist, dann hat es geklappt. Ihr rutscht, und wir steigen in die Luke.«

»Aber erst nachdem wir uns eine halbe Stunde getrennt haben«, wiederholte Lizzi Lukas Idee.

»Na gut«, grummelte ich und klang schon wie Dodo.

Die hievte sich schwerfällig vom Bett und nuschelte was von: »Schlimmer kann der ganze Mist ja sowieso nicht mehr werden«, und folgte uns die Treppe hinunter und hinaus in den sonnengetränkten Hof.

Papa hämmerte wie immer an seinen Ställen herum, Sonntagsruhe hin oder her. Molli stand im Schatten der Palme, zusammen mit Dolly, dem Lamm, und dem Wollschwein Ruben. Die drei schienen Freunde geworden zu sein, und ich drückte uns und ihnen die Daumen, dass meine Theorie stimmte. Sie musste einfach stimmen.

Von Susi keine Spur. Vielleicht kümmerte sie sich um die streitenden Wellensittiche oder die Pfote des Leguans, die allesamt noch namenlos waren und mittlerweile in dem Wartezimmer ihrer Tierarztpraxis wohnten.

Vor der Scheune blieben wir stehen. Ich zupfte ein knallrotes Blatt von dem Wein ab, der das gesamte Gebäude zugewuchert hatte, und überlegte laut: »Vielleicht sollten wir es umdrehen. Vielleicht sollten wir in die Zukunft springen und ihr in die Vergangenheit?« Ich deutete dabei auf die Zwillinge. »Oder ich springe mit Luka zusammen und …«

»Nein!« Luka brüllte fast, und ich zuckte zusammen. Sofort schossen mir die Tränen in die Augen.

»Ich wollte doch nur mit dir …«

»Nein, Ella«, wiederholte Luka, wenn auch etwas leiser. »Ich sollte mit Lizzi und du mit Dodo in der Zeit reisen. So wie vorher.«

»Aber ich möchte auch mal in die Zukunft …«

»Ich glaube, dass es wichtig ist, dass wir nicht zu viel verändern«, sagte Luka.

»Wir haben genug von Veränderungen«, sagte Lizzi.

»Wir haben genug von allem«, motzte Dodo.

Ich sagte nichts mehr, aber nickte.

Dann tippte Luka auf seine Uhr. »Uhrencheck«, sagte er, und Dodo rollte mit den Augen. Aber sie hob ihren Arm und blickte darauf. »Es ist jetzt 10:40 Uhr«, sagte sie.

»Um 10:45 Uhr ist jeder an seinem Ausgangspunkt. Dann haben wir jetzt fünf Minuten Zeit, um auf Position zu gehen«, sagte Luka und klang wieder mal wie ein Geheimagent. Total süß! Ich kicherte, und Luka zog kurz die Augenbrauen hoch, dann seine Zwillingsschwester Richtung Scheune: »Und um 11:15 Uhr geht es los!«, sagte er.

»Viel Glück«, rief Lizzi uns noch zu und schloss die Tür hinter sich.

»Pah, Glück«, kam es von Dodo. »Wir brauchen kein Glück. Wir brauchen eine Gebrauchsanweisung.«

»Haben wir aber nicht«, sagte ich. »Und wenn es richtig ist, was Lizzi sagt, und du angeblich so schlau bist, dann finde du doch die Lösung. Oder wenigstens eine bessere Idee.«

»Hmpf«, war alles, was sie dazu sagte.

Danach setzten wir uns neben die Rutsche und warteten. Weil ich schon geahnt hatte, dass Dodo nur wieder übellaunig und schweigend dasitzen würde, hatte ich vorgesorgt. Ich zog ein kleines Vokabelheft aus meiner Tasche, das seit gestern mein Tagebuch darstellte, und begann, darin weiterzuschreiben.

Wenn unser Versuch nämlich funktionieren würde, dann war jetzt die letzte Möglichkeit, alles festzuhalten, was in der letzten Zeit passiert war. Denn danach würden wir uns, Dodo und ich zumindest, ja nicht mehr daran erinnern. Jedenfalls nicht mehr vollständig.

Ich schrieb und schrieb (nein, nicht nur über Luka, obwohl ich das am liebsten getan hätte), und Dodo schwieg und schwieg, und die Zeit kroch langsam dahin. Irgendwann legte ich den Stift beiseite und betrachtete die Rutsche.

»Ob da wirklich die Phönixfedern drin sind?«, fragte ich.

»Klar«, sagte Dodo.

»Wieso klar? Ich dachte, du denkst, dass sie vielleicht auch am Hut sein könnten«, fragte ich.

Dodo setzte sich auf. Sagte aber nichts.

»Wenn der Phönix in Flammen aufgeht und dann aus seiner Asche aufersteht …«, begann ich. »Wie kann er da durch die Zeit reisen?«

Dodo holte tief Luft und zupfte am Gummiband. »Der Phönix geht in Flammen auf. Aber er wird dann nicht neugeboren, sondern ist eigentlich in eine andere Zeit geflogen. Und sein Platz wird von einem anderen Phönix eingenommen.«

»Wie bitte?« Ich starrte Dodo mit offenem Mund an.

»Bist du taub?«, grunzte sie.

»Dodo!« Jetzt begann ich wie sie nach meinem Gummiband zu greifen. Ich musste mich konzentrieren und nicht daran denken, was Luka wohl gerade machte, um die Zeit zu überbrücken. »Dodo, woher hast du diese Information? Das ist doch …« Mir fehlten die Worte. »Das ist doch eine Erklärung, wie die Zeitreise funktioniert!«

Dodo sagte nichts.

»Warum hast du denn nichts gesagt? Wo hast du diese Info denn her?«, fragte ich noch einmal.

»Da war so ein altes Buch in der Scheune …« Dodo zuckte mit den Schultern.

Und ich erinnerte mich, dass sie bei unserer Suche nach Kamitzkis Notizen etliche Bücher in der Scheune durchgeblättert hatte.

»Ich verstehe nicht, warum du nichts davon erzählt hast!« Ich war wütend.

»Ist doch egal«, rief sie. »Ich will am liebsten mit diesem ganzen Mist nichts mehr zu tun haben. Aber ihr lasst mich einfach nicht in Ruhe!« Sie warf die Arme in die Luft, und ich erblickte das Ziffernblatt auf ihrer Uhr.

»Wir müssen los!«, rief ich erschrocken. »Es ist schon viertel nach! Schnell!«

Dodo rappelte sich auf und wirkte dabei so träge wie eine alte Schildkröte mit Gelenkschmerzen.

»Nun mach schon!«, brüllte ich und kletterte die Leiter hinauf.

Dodo verzog den Mund, aber sie machte es mir nach. Gerade, als sie die Arme von hinten um meinen Bauch schlang, damit wir so rutschen konnten, wie wir es bisher immer gemacht hatten, und als wir schon losschlitterten, da kam mir ein Gedanke. Wo war eigentlich der Hahn? Hätten wir den nicht mitnehmen müssen?

Doch wenn wir jetzt sowieso zurück in die richtige Zeit kamen, dann war es doch egal.

Oder nicht?

Wir stehen vor der Scheune.

Ich rupfe eins der roten Blätter von der Scheunenwand und starre überrascht (und unsagbar glücklich) in Lukas Gesicht. Er guckt aber weniger glücklich, sondern eher entsetzt zurück. Ich verstehe nicht ganz, warum er so schaut.

Zuerst jedenfalls nicht.

Erst als Dodo neben mir grummelt und auf ihre Uhr zeigt, wird es mir klar.

»Warum seid ihr denn hier?«, fragt Dodo. »Und nicht in der Zukunft?«

Kapitel 23

Mir blieb für eine Sekunde das Herz stehen. Und das nicht nur, weil Luka nach meiner Hand griff. Auch wenn er nur kurz an meinem Gummiband zupfte.

Nein, mein Herz blieb vor Schreck stehen. Denn wenn die beiden noch hier standen, dann …

Dann, ja was dann?

Was bedeutete das?

Schon im nächsten Moment ruckelte mein Herz nicht mehr vor Schreck, sondern polterte vor Freude los. Das konnte doch nur eins bedeuten: »Es hat geklappt, oder?« Ich lachte und fiel Luka um den Hals. »Oh, Luka, jetzt können wir beide endlich …«

Aber Luka schob mich einfach weg und zeigte wortlos nach rechts.

Dort wehte die Kokosnusspalme im Wind, der dicke, dunkelgraue Wolken über den Himmel trieb. Neben dem Baum standen Molli und Dolly. Nur Ruben war weit und breit nicht zu sehen.

»Oh«, entfuhr es mir. Unglücklich blinzelte ich ein paar Tränen weg. Warum schob Luka mich einfach weg? Ich machte wieder einen Schritt auf ihn zu, als ich zusammenzuckte. Neben mir begann Lizzi nämlich zu keifen: »Es ist alles deine Schuld, Luka!«

»W-was?« Luka drehte sich überrascht um.

»Warum musstest du mich auch überreden, mehrmals in die Luke zu steigen!« Sie zeigte auf uns. »Sie hatten uns doch erzählt, was passieren kann.«

»Ich?« Lukas Stimme wurde ganz hoch, sein Gesicht ganz rot, und er fauchte: »Weißt du eigentlich, warum wir hier noch stehen? Weil du …« Er tippte Lizzi mit dem Zeigefinger gegen den Brustkorb, sodass sie unwillkürlich ein paar Schritte rückwärts machte. »Weil du unbedingt noch mal aufs Klo musstest.«

»Äh, ihr seid noch gar nicht in die Luke gestiegen?«, fragte ich, aber die beiden ignorierten mich.

»Na und?« Lizzis Stimme überschlug sich. »Ich war rechtzeitig wieder da! Aber wer, bitte schön, ist in Zeitlupe die Leiter runtergeklettert …«

»Ich wollte doch nur verstehen, ab welcher Sprosse man in die Zukunft …«

»Verstehen?« Lizzi war außer sich. »Du verstehst gar nichts! Du bist wirklich der allerletzte …«

Luka trat blitzschnell auf Lizzi zu und kniff seine Augen zusammen. Seine Stimme war plötzlich kälter als ein Eiswürfel: »Sag es nicht«, wisperte er.

Das Flüstern klang jetzt viel schlimmer als das Gekeife davor. Die beiden sahen aus, als würden sie sich im nächsten Moment an die Gurgel gehen.

»Bitte, Luka-Liebling«, sagte ich. »Nicht ...«

Aber die Zwillinge beachteten mich gar nicht. Streitend gingen sie zu ihren Fahrrädern und machten sich davon. Einfach so.

»He, Lukalein«, rief ich verzweifelt hinterher. »Verlass mich nicht. Wir müssen doch noch ...« Ich stammelte und verstummte. Was mussten wir eigentlich noch? Irgendwas wollten wir doch machen.

Aber mein Kopf war plötzlich leer. Na ja, nicht ganz leer. Er war voll mit Gedanken an Luka. Ich starrte ihm hinterher. Ob er bald wiederkommen würde? Dann drehte ich mich um. »Dodo?«

Aber von meiner Stiefschwester fehlte jede Spur. War sie schon reingegangen? Ich sah mich um. Irgendwie war es plötzlich so still, jetzt wo die Zwillinge außer Hörweite waren. Zu still. Irgendwas war anders. Mein Blick fiel auf die Stallbaustelle. Das war's! Papa hämmerte nicht. Er saß auf einem Stapel Holzbretter und stützte den Kopf in die Hände.

Als hätte er meinen Blick bemerkt, stand er auf und winkte mir müde zu. »Ich mach mal ein Schläfchen«, rief er mir zu. »Bin plötzlich so müde.« Er ging langsam ins Haus.

Ich seufzte. Luki hatte sich noch nicht mal von mir

verabschiedet. Unschlüssig stand ich herum. Was nun? Irgendwas sollte ich doch machen, oder? Aber was nur?

Ein Regentropfen landete auf meiner Nase. Ein zweiter folgte prompt.

Schnell lief ich hinter Papa her ins Haus.

Dodo lag auf ihrem Bett und ignorierte mich. Also ging ich in mein eigenes Zimmer. Von unten hörte ich, dass Susi nach Hause gekommen war. Sie begrüßte Papa und nieste ein paarmal lauthals los. Ich schloss meine Zimmertür und legte mich auch hin. Der Himmel draußen war so dunkel, dass es sich wie abends anfühlte. Ich machte die Augen zu und träumte von Luka. Ob er an mich dachte?

Kurz stand ich noch mal auf, ging zu meinem Schreibtisch, holte Stift und Papier und legte mich bäuchlings wieder hin. Ich schrieb:

Lieber Luki, willst du mit mir gehen? Ich finde, du bist der süßeste Junge auf der ganzen Welt.
Deine Ella

Draußen begann der Hahn zu krähen. Wie verrückt und ziemlich laut. So laut zumindest, dass ich das leise Klopfen an meiner Tür erst gar nicht hörte.

Hoffnungsfroh sprang ich auf. Luka war wieder da. Er war zurückgekommen. Ich steckte den Brief in meine Hosentasche und riss die Tür auf: »Luki, ich …« Und starrte enttäuscht in Lizzis Gesicht, das nicht gerade besonders freundlich aussah. »Mensch, Ella, du bist echt peinlich.«

»Wieso peinlich?«, wollte ich wissen.

Lizzi verzog den Mund und sagte nur: »Luka kommt nicht.«

»Wieso?«

Wieder antwortete sie nicht. Stattdessen drückte sie mir ein Notizbuch in die Hand. Irgendwie kam es mir bekannt vor.

»Was ist das?«, fragte ich.

Lizzi zuckte zusammen. »Das ist doch euer Zeitreise-Notizbuch!«, rief sie.

Langsam nickte ich. »Stimmt ja«, murmelte ich langsam. »Die Zeitrutsche. Wir …«

Lizzi schniefte. »Wir haben alles nur noch schlimmer gemacht!«

Ich dachte angestrengt nach. Immer wieder fiel mir Luka ein. Wie er mit uns vor der Scheune stand. Wie wir zusammen im Gras gesessen hatten. Wie wir gemeinsam Fahrrad fuhren. Wie wir das Handy in der Luke verloren hatten und nebeneinander vor der Rutsche saßen und die eingeritzten Zeichen darin …

»Die Rutsche!«, rief ich. »Die Luke!«

Lizzi atmete aus und klang so, als hätte sie ganz lange die Luft angehalten. »Puh«, machte sie. »Ich dachte schon, du hättest alles vergessen.«

Ich schüttelte den Kopf. Nein, ich hatte es nicht vergessen. Aber es fiel mir mit einem Mal so schwer, mich zu erinnern. Ich musste mich zwingen, über die Zeitreisekatastrophe nachzudenken.

»Alles ist jetzt noch schlimmer«, wiederholte Lizzi ihre Worte und zeigte auf den Fußboden. »Dein Vater ist unten am Küchentisch eingeschlafen und Susi mit einem Schnupfen ins Bett gegangen.«

»Du meinst …?« Ich kratzte mein Handgelenk, das durch das Gummi mittlerweile schmerzte. Schnell machte ich es ab und zog es mir über die andere Hand.

»Ja«, flüsterte Lizzi. »Euer Rutsch hat wieder seine Nebenwirkungen entwickelt. Und unser Sprung in die Zukunft hat euch noch …« Sie suchte nach den richtigen Worten und sagte schließlich: »Ihr seid auch schlimmer geworden.«

Ich erinnerte mich an ihren Streit vor der Scheune vorhin und wisperte dann: »Ihr auch.«

Lizzi nickte. Sie tippte auf das Büchlein, das sie mir eben in die Hand gedrückt hatte. »Ich habe ein paar Sachen aufgeschrieben.«

Ich blätterte es auf und las:

Kasimir Kamitzki ist nicht tot, sondern einfach verschwunden – seit wann? Und wo ist er hin?

Ich schnappte mir einen Bleistift vom Schreibtisch und kritzelte daneben:

Ist er vielleicht sogar der Hahn?

Lizzi schnaufte, aber sie sagte nichts. Ich las weiter.

Bereits in seiner Kindheit ist er in der Zeit gereist – und hat mit Frau Sonne zumindest den Hund seiner Schwester weggerutscht (andere Tiere auch?).
Frau Sonne spricht seitdem nicht mehr.
Dass die Vergangenheit und die Zukunft eins sind, bedeutet NICHT, dass man nur gleichzeitig in entgegensetzte Zeiten reisen muss, um alles wieder zurechtzurücken.

Ich seufzte.

Wo ist der Hut? Wo genau sind die Federn? Was bedeutet die 377 auf dem Foto?
Warum war das Foto in einem Umschlag im Küchenschrank?
Warum Federn? Wie können die funktionieren?
Wie kommen wir in die unterirdische Kammer?

Dann erzählte ich Lizzi das, was Dodo über Phönixe herausgefunden hatte, und schrieb diese Info dazu.

»Wir müssen das Buch finden, aus dem sie das weiß«, sagte Lizzi. »Und dann müssen wir mit Frau Sonne reden.«

»Okay«, murmelte ich und ging in Dodos Zimmer. »Dodo, wach auf!« Ich schüttelte sie so lange, bis sie endlich die Augen öffnete.

»Lass mich in Ruhe«, motzte sie sofort.

»Dodo, wir brauchen das Phönixbuch, und dann fahren wir zu Frau Sonne.«

»Wovon sprichst du?«

»Dodo, bitte!« Das war jetzt Lizzi. »Streng dich an. Wir müssen die Zeit wieder einrenken!«

»Welche Zeit?« Dodo schaute auf ihre Uhr, und ich nutzte die Gelegenheit, einmal an dem Gummiband an ihrem Gelenk zu zupfen.

»Aua, was soll das?«

»Dodo, wir brauchen deine Hilfe, wegen dem ganzen Zeitreisenmist!«, sagte ich.

»Zeitreise?« Sie lachte auf. »Ihr spinnt doch.«

»Aber …«

Doch Dodo riss ihre Hand los – ich hielt sie nämlich immer noch am Handgelenk fest – und drehte uns den Rücken zu. »Jetzt haut endlich ab und nervt jemand anderen.«

»Dodo«, wisperte Lizzi. »Hast du denn alles vergessen?«

Aber Dodo antwortete nicht, und nach einem kurzen Augenblick tippte Lizzi mich an und deutete mit dem Kinn Richtung Tür. Wir gingen langsam hinaus.

Im Flur begann Lizzi zu weinen.

Kurz.

Dann riss sie sich zusammen. »Komm schon, Ella!« Und lief die Treppe hinunter.

Ich schlurfte hinterher. Ich fühlte mich, als hätte ich seit

Tagen nicht mehr geschlafen. Ich musste mich ja auch die ganze Zeit zusammenreißen, und das war ganz schön anstrengend. Und auch wenn ich das Gefühl hatte, dass meine gesamte Erinnerung an unsere Zeitreisen hinter einem dichten Nebel in meinem Gehirn lag – eigentlich war nur Luka klar und strahlend in meinem Kopf –, so war mir doch eins klar: Entweder war Dodo einfach nur noch lustloser und schlechter gelaunt als zuvor, oder – und das wäre wirklich so richtig schlimm – sie hatte tatsächlich alles vergessen.

Kapitel 24

In der Scheune fanden wir das Buch zum Glück sofort. Es lag ganz oben auf dem Bücherhaufen, den Dodo dort hinterlassen hatte, und hieß: *Der Phönix und die Zeit*. Und es war eigentlich eher ein kleines, schmales Heftchen mit nur ein paar Seiten. Leider stand nicht mehr darin, als Dodo mir bereits erzählt hatte.

»Jetzt wissen wir aber immerhin mit Sicherheit, dass die Federn die Zeitsprünge möglich machen«, sagte Lizzi und steckte das Buch ein.

»Aber wir wissen immer noch nicht, was es mit dem Hahn und den anderen Federn auf sich hat«, sagte ich. Ich sprach langsam, es fiel mir einfach schwer, die Gedanken nicht immer wieder zu Luka schweifen zu lassen.

Lizzi drückte mir meinen Fahrradlenker in die Hand.

Es regnete immer noch, aber das schien sie nicht zu stören.

Mich störte es schon, immerhin klatschten mir meine Haare wie kalte Fischflossen bei jedem Pedaltritt immer wieder ins Gesicht. Und nicht nur die. Die Einfahrt, an der laut Lizzi angeblich sonst nur Löwenzahn und Disteln wuchsen, war so mit Gestrüpp zugewuchert, dass wir uns streckenweise wie durch einen Dschungel kämpfen mussten.

Einen nassen Dschungel!

Ich fühlte mich unendlich müde und erschöpft.

Und als wir endlich vor Frau Sonnes Gasthof standen, da hätte ich mich am liebsten auf die Stufen vor die Tür gesetzt, Regen hin oder her.

Lizzi schien das zu spüren, jedenfalls legte sie mir den Arm um die Schultern, und für einen Moment wünschte ich mir, dass es Luka war. Aber es war nur Lizzi, die mir nun auch noch genervt ins Ohr zischte: »Ella, bitte. Jetzt reiß dich zusammen.«

Mit ihrer freien Hand klopfte sie an die Tür, an der noch immer das Schild mit den Worten *Heute geschlossen* hing. Rankende Kletterrosen verdeckten es fast, und es sah so aus, als würde sich die Tür bald gar nicht mehr öffnen lassen, wenn Frau Sonne nicht mal endlich ihre Rosen beschnitt.

Nichts und niemand rührte sich, und Lizzi murmelte was von »ist ja schlimmer als bei Dornröschen hier«.

Wir klopften und warteten.

Gerade als wir aufgeben wollten, kam Frau Sonnes Katze angeflitzt und begann, ebenfalls durchnässt vom Regen, kläglich zu miauen. Das konnte die erstaunlich laut, und für einen Moment musste ich an Twiggi denken. Der Gedanke an die kleine verlorene Katze vertrieb ein paar Gedanken an Luka, und ich holte tief Luft. Wir brauchten Antworten. Mit der Faust donnerte ich gegen die Tür.

Nur einen Augenblick später wurde die Tür auch schon einen Spaltbreit geöffnet. Die Katze huschte hinein. Sofort begann sich die Tür wieder zu schließen.

Schnell wie der Blitz schob Lizzi ihren Fuß dazwischen und schrie im nächsten Moment auf: »Aua! Sie klemmen mir die Zehen ein!«

»Bitte, Frau Sonne, wir brauchen Ihre Hilfe«, rief ich.

Mit einem Seufzer ließ die Wirtin los und nickte uns herein. Sie sah uns traurig an und zeigte dann auf einen Tisch. Wir setzten uns hin. Und nach einem kurzen Zögern setzte Frau Sonne sich dazu.

»Sie wissen von der Zeitreiserutsche«, fing Lizzi auch gleich ohne Umschweife an.

Frau Sonne seufzte und nickte.

»Und Sie sind mit Kamitzki gerutscht?«, fragte ich.

Wieder ein Nicken.

»Und der Dackel von Frau Kamitzki ist daraufhin verschwunden?«, fragte Lizzi.

Frau Sonne stand auf. Sie winkte uns zu, ihr zu folgen, und ging in die Küche. An einer Wand hingen noch mehr Fotos. Sie stellte sich davor und deutete auf die Bilder. Auf fast allen waren die junge Frau Sonne und der Kamitzki abgebildet. Ab und zu auch seine Schwester und ihr Dackel.

Frau Sonne tippte mit dem Finger auf ein Bild, und ich holte tief Luft: Darauf war eine strahlende Frau Sonne auf einem Pferd zu sehen. Immer wieder deutete sie auf das Pferd. Ich wusste sofort, was sie meinte: »Das Pferd ist auch verschwunden?«

Ein Nicken.

Die Wand war wie eine Fotostory. Wir sahen den Kamitzki mit Frau Sonne an der Rutsche werkeln, die Kiste mit den Phönixfedern war zu sehen, und auf einem trug der Kamitzki sogar seinen Federhut.

»Wer hat die Fotos gemacht?«, fragte ich leise.

Frau Sonne zeigte erst auf sich und dann auf Katharina Kamitzki von einem der Fotos.

»Dann weiß sie mehr, als sie zugibt«, sagte Lizzi.

Frau Sonne hob die Schultern und schüttelte den Kopf.

»Sie weiß nichts von der Zeitreise?«, hakte ich nach.

Wieder nur ein Schulterzucken.

»Wenn der Kamitzki nicht tot ist, sondern verschwunden«, fragte ich. »Wissen Sie, wo er ist?«

Noch mal Schulterzucken.

»Wissen Sie, wo sein Hut ist?«, wollte Lizzi wissen.

Kopfschütteln.

Es polterte an der Tür, und wir zuckten alle zusammen. Von draußen hörten wir Luka brüllen: »Mach auf, Lizzi, ich weiß, dass du da drin bist.«

»Luka!« Glücklich rannte ich zurück in den Gastraum und riss die Tür auf. Aber Luka drängelte sich nur an mir vorbei und schrie seine Schwester an, die mir mit Frau Sonne aus der Küche gefolgt war: »Wie kommst du dazu, mich mit der ganzen Arbeit im *Kleinerlei* alleine zu lassen?«

»Alleine zu lassen?«, keifte Lizzi los, und Frau Sonne zuckte zusammen. »Wer hat mich denn aus dem Lager geschmissen, weil er meinen Anblick nicht erträgt?«

»Ach ja?«, schrie Luka. »Und wer hat behauptet, ich sei der dümmste und …«

Ich zog eine völlig verdutzte Frau Sonne zurück in die Küche und sagte: »Frau Sonne, bitte! Die beiden da draußen streiten sich nur wegen der Zeitreise so. Es ist eine Nebenwirkung wie …« Ich merkte, wie mir Tränen in die Augen schossen. »Meine Schwester scheint alles vergessen zu haben, mein Vater schläft immer ein, ich … und ich …« Mittlerweile weinte ich richtig. »Überall wachsen die Pflanzen wie verrückt. Und unsere neue Katze ist verschwunden …«

»Welche Katze?« Luka und Lizzi standen mit einem Mal hinter uns.

Ich winkte ab und wischte mir mit der gleichen Bewegung über das Gesicht.

Frau Sonne guckte mich an, ihr Blick war gleichzeitig schockiert und traurig, wissend und hoffnungslos.

Und mir kam ein Gedanke: »Frau Sonne«, wisperte ich. »Dass Sie nicht sprechen …« Ich schluckte. »Haben Sie durch das Rutschen von Kamitzki Ihre Sprache verloren?«

Frau Sonne blinzelte kurz und senkte dann zustimmend den Kopf.

»Bitte helfen Sie uns«, sagte ich leise. »Wenn Sie irgendwas wissen, dann … Wir müssen das alles irgendwie rückgängig machen. Wir wollen doch nicht so …«

Frau Sonne drehte sich einfach um und ging durch eine Tür am Ende der Küche hinaus.

Enttäuscht guckte ich zu den Zwillingen. Aber die funkelten sich nur an und schienen ihre Umgebung gar nicht mehr wahrzunehmen. Es war kaum zu ertragen.

Alles war kaum noch zu ertragen.

Die Tür hinter mir klapperte, und ich fuhr wieder herum. Frau Sonne kam zurück, drückte mir etwas in die Hand und schob uns dann mehr oder weniger energisch aus ihrer Gaststätte hinaus.

Zum Glück hatte es endlich aufgehört zu regnen.

Draußen blickte ich auf das, was sie mir gegeben hatte.

Es war ein Brief.

Und die Handschrift kannte ich gut!

Liebe Maddi,
wie oft habe ich in den letzten Jahren gesagt, dass es mir leidtut. Du weißt, dass ich mein ganzes Leben damit verbracht habe, einen Weg zu finden, alles wiedergutzumachen.
Es ist mir nicht gelungen.
Ich habe mich entschlossen, von hier wegzugehen.

Ich werde nicht wiederkommen.
Dein Freund Kasimir
12. Juni 2019

Wir saßen in meinem Zimmer. Luka und Lizzi trugen mittlerweile auch Gummibänder an ihren Handgelenken und zupften wie verrückt vor sich hin.

Dodo musste mein Tagebuch und unser Notizbuch studieren und schnaufte immer wieder ungläubig (und genervt).

Und ich, ja, ich las den Brief nun schon zum siebten Mal laut vor und versuchte krampfhaft, nicht in Lukas Richtung zu gucken.

»Der Kamitzki ist also wirklich nicht tot«, murmelte ich, auch zum siebten Mal. »Und der Brief ist nur ein paar Wochen älter als unser Umzug hierher.« Ich deutete auf das Datum.

»Aber woher wusste seine Schwester, dass sie den Hof verkaufen konnte?«, fragte Dodo. Es war das Erste, das sie überhaupt von sich gegeben hat, nachdem wir sie mehr oder weniger aus ihrem Bett in mein Zimmer schleifen und sie dazu zwingen mussten, unsere Aufzeichnungen zu lesen.

»Die weiß mehr, als sie zugibt«, sagte ich und stand auf. »Ich rufe sie jetzt an.«

Die Telefonnummer von Frau Kamitzki hing noch immer am Kühlschrank. Als ich davorstand, merkte ich, was für einen Hunger ich hatte. Aber mit Papa war nichts anzufangen – er schnarchte zusammengerollt auf dem Teppichboden im Wohnzimmer vor sich hin – und Susi hatte sich in ihre Praxis verkrochen. Ob sie wohl auch gegen Leguane allergisch war? Und was ist mit den Federn der Wellensittiche? Konnte man gegen Federn überhaupt allergisch sein?

Immer wieder Federn. Die Lösung musste bei ihnen liegen.

Ich futterte schnell eine Banane und griff zum Telefon. Im Türrahmen tauchten Lizzi, Luka und Dodo auf. Alle sahen blass aus – so wie ich mich fühlte.

»So kann das nicht weitergehen«, krächzte ich heiser und wählte die Nummer von Frau Kamitzki. Es klingelte viermal, siebenmal, neunmal … bei dreizehn würde ich auflegen. Ich zählte mit. Beim zwölften Klingeln nahm Frau Kamitzki endlich ab, und ich stellte den Lautsprecher auf laut: »Hallo, Frau Kamitzki? Hier ist Ella.«

»Was willst du?«, kam es durch den Hörer.

»Woher wussten Sie, dass Sie den Hof verkaufen können und dass Ihr Bruder weg ist?«, fragte ich schnell.

Es knisterte in der Leitung. Hatte sie aufgelegt? »Hallo?«

Frau Kamitzki räusperte sich. »Ich sagte euch schon, ich habe einen Brief von meinem Bruder erhalten. Da stand drin, dass ich in diesem Sommer seinen Hof verkaufen solle. Und das habe ich getan. Wir hatten weder vorher noch nachher Kontakt.«

»Wann haben Sie den Brief denn bekommen?«, rief Dodo von der Tür. Ich lächelte sie an.

»Nun«, kam die zögerliche Antwort aus dem Telefon. »Das war tatsächlich etwas seltsam. Der Brief wurde ein paarmal hin- und hergeschickt – ich bin sehr oft umgezogen. Und deswegen landete er tatsächlich in einem Postschließfach in Kleinkotzingen. Ich war ja bis zu dem Verkauf des Hofes mit Zweitwohnsitz in Kleinkotzingen gemeldet, wahrscheinlich hat die Post den Brief dann deswegen dorthin gebracht.«

»Und wann war das?«, fragte ich.

Schweigen und Rauschen.

»Frau Kamitzki?«

»Ähem.« Frau Kamitzki sprach plötzlich viel leiser. »Das muss jetzt fast dreißig Jahre her sein.«

»Wie bitte?«, rief ich. »Kam Ihnen das nicht seltsam vor?«

»Mein Bruder war sonderbar«, sagte sie nach einer Pause. »Mehr kann ich dazu nicht sagen.«

Und mit diesen Worten legte sie einfach auf.

»Wieso schreibt der Kamitzki der Frau Sonne kurz vor seinem Verschwinden einen Brief und seiner Schwester einen vor so vielen Jahren?«, fragte Lizzi.

»Das ist doch wohl klar«, rief Luka. »Denk doch mal nach.«

»He, ich …«, wollte Lizzi schon loslegen, aber ich stellte mich schnell zwischen die beiden.

»Konzentriert euch«, sagte ich das zu ihnen, was ich mir seit Tagen auch immer wieder von ihnen anhören musste.

Luka nickte und versuchte einen netteren Tonfall zu wählen. Er sagte: »Den Brief an seine Schwester hat er aus einer anderen Zeit geschickt.«

»Aus der Vergangenheit!«

Kapitel 25

In unserem Klassenzimmer war es ziemlich düster, da riesige, wie wild blühende Zimmerpflanzen die gesamten Fensterbänke bedeckten. Unsere Mitschüler saßen auf ihren Tischen und aßen das Popcorn, dass Herr Froschmaier mitgebracht hatte, weil wir im Unterricht einen Film gucken wollten. Von draußen drang die Stimme vom Hausmeister durch die Fenster. Heute sang er eine Oper, während er die Ställe ausmistete.

Wie so oft versuchte ich zu verstehen, dass das hier nicht normal war, dass ich meinen Erinnerungen nicht trauen konnte, dass einfach alles völlig durcheinandergeraten war.

Ich wusste das.

Auch wenn ich es eigentlich nicht wusste.

Aber was ich ganz sicher wusste, war, dass wir unbedingt alles dafür tun mussten, damit unsere Welt wieder so wie vorher werden würde.

Ich stellte mich ans Fenster und lugte durch die Pflanzen hinaus. Ich sah den Hausmeister mit einer Schubkarre im Hof. Und ich sah eins der kleinen hübschen Türmchen dieser alten Villa, wovon es auf der anderen Seite des Gebäudes ein zweites gab.

Bei dem Anblick segelte mir ein Gedanke in den Kopf. Einfach so und unvermittelt. Manchmal weiß man nicht, woher diese plötzlichen Geistesblitze kommen, oder?

»Herr Froschmaier?«, rief ich sofort drauflos. »Diese Schule war doch mal ein Wohnhaus, oder?«

»Aber ja, liebe Ella«, sagte unser Lehrer in seiner seltsamen Froschstimme. »Es war früher die Villa eines reichen Kaufmanns.«

Ich drehte mich zu den Zwillingen um und guckte von einem zum anderen. Sie hatten sich nämlich so weit wie möglich auseinandergesetzt.

»Und seit wann gibt es den Einkaufsladen?«, fragte ich dann Luka.

»Seit ungefähr zwanzig Jahren«, antwortete er.

»Quatsch«, fuhr Lizzi ihn an. »Es sind höchstens fünfzehn.«

»Du hast doch keine Ahnung«, brüllte Luka.

»Und davor war es die Post, stimmt's?«, rief ich schnell und laut, bevor die beiden weiter streiten konnten.

Die Zwillinge klappten die Münder zu und nickten.

»Und was hat das jetzt mit irgendwas zu tun?«, fragte Lizzi schließlich.

»In der Post gab es doch sicher Schließfächer, oder?«, erkundigte ich mich.

»Die gab es nicht nur …«, begann Lizzi.

»Die gibt es noch!«, vervollständigte Luka ihren Satz.

Beide sprangen auf, und ich lachte: »So kenne ich euch!«

Luka und Lizzi warfen sich einen erschrockenen Blick zu, der, sobald er sich traf, sofort giftig wurde.

Luka guckte als Erster weg und sagte schnell: »Die Schließfächer sind in unserem Keller. Die sind fest in die Wand eingebaut, da haben meine Eltern die einfach drin gelassen.«

»Wir müssen unbedingt …« Ich verstummte und schaute mich um. Alle starrten mich an und mampften ihr Popcorn. Herr Froschmaier lächelte, sagte nur: »Lasst euch nicht stören, aber ich mache jetzt mal den Film an«, und drückte dann auf den Play-Knopf vom DVD-Player.

Mit einem Seufzer setzte ich mich wieder hin. Ich hatte keine Ahnung, was für einen Film wir guckten. Darin ging es um einen Zauberschüler, und alles kam mir unendlich lange vor.

Glücklicherweise aber war der Schultag danach schon wieder vorbei, und wir machten uns sofort auf den Weg in den Laden der Lombardis.

»Wo der Kamitzki in der Vergangenheit wohl ist?«, fragte ich, gerade als wir die Einfahrt zum Laden hochradelten.

»Wer weiß«, sagte Dodo langsam. »Aber eins weiß ich, er muss es geschafft haben, die Dreißig-Minuten-Grenze zu überwinden.«

Ich bekam eine Gänsehaut.

Aber ich hatte gar keine Zeit, weiter darüber nachzudenken, denn die Eltern der Zwillinge begrüßten uns freudig. Sie hatten gerade eine riesige Ladung Gartenclogs erhalten, und prompt wurden wir dazu verdonnert, die Schuhe der Größe nach in Regale einzuordnen.

Zu viert ging das zum Glück einigermaßen schnell, und wir konnten uns endlich in den Keller stehlen, wo eine Wand tatsächlich von oben bis unten mit kleinen Türchen versehen war.

Ein bisschen erinnerte mich das an einen riesigen Adventskalender, einer mit zu vielen und etwas zu großen Türen. Jedes Türchen trug eine Nummer.

»377«, hauchte ich plötzlich und zeigte auf eine Klappe, die in der oberen Reihe war.

Luka nickte und deutete auf das Schließfach mit genau der Nummer. So ein Fach heißt übrigens nicht ohne Grund *Schließ*fach – es war natürlich abgeschlossen. Und nein, der Schlüssel steckte nicht. Etwas ratlos standen wir für einen Moment davor.

»Wahrscheinlich ist das alles Unsinn«, murmelte ich auch schon, unglücklich darüber, dass alles so furchtbar geworden war, aber glücklich über Luka, der gerade nämlich ganz dicht neben mir stand. »Wenn der Kamitzki noch gar nicht so lange verschwunden ist, dann …« Ich stockte und kratzte mir die Stirn, wohinter mein Gehirn mal wieder Gedankenverrenkungen machte. »Ja, dann kannte er doch die Adresse seiner Schwester und würde doch nichts hierher … huch!«

Ich zuckte zusammen, als Dodo mit einem Mal neben mir mit einer Brechstange in der Hand auftauchte.

»W-was …?«, entfuhr es mir noch, während meine Stiefschwester wie eine mies gelaunte Einbrecherin mit dem riesigen Werkzeug die kleine Klappe aufhebelte.

»So!«, knurrte sie.

Wer hätte gedacht, dass man schlechte Laune auch zu etwas Gutem einsetzen konnte?

Aufgeregt stellten wir uns alle auf unsere Zehenspitzen und versuchten in das kleine Fach hineinzuschauen, doch wir sahen nur eine schwarze und leere Öffnung. Enttäuscht ließ ich die Schultern hängen, als Dodo hinter mir genervt aufstöhnte und uns beiseiteschob. Sie hatte einen kleinen Hocker in der Hand, den sie nun vor die Wand und sich daraufstellte, um dann die Hand ins Fach zu stecken. Kurz darauf zog sie einen verstaubten Umschlag hervor. Sie drückte ihn mir in die Hand und ließ sich dann auf den Hocker sinken.

Tatsächlich. Der Brief war an Katharina Kamitzki adressiert. Die Adresse war durchgestrichen und ein Stempel daneben – *unbekannt verzogen*. Irgendjemand, vielleicht ein Postbeamter, hatte dann diese Postfachadresse daneben draufgekritzelt.

»Absender K. Kamitzki«, las ich vor und riss den Umschlag ungeduldig auf. Der Brief war kurz.

Und er brachte uns überhaupt nicht weiter.

Liebe Katharina,
ich hoffe, dieser Brief erreicht dich, ich kann mich nicht mehr an deine Adresse erinnern. Ich vergesse viel mittlerweile. Es wird immer schlimmer. Manchmal weiß ich überhaupt nicht, wie ich hierhergekommen bin. Würde ich kein Tagebuch führen, hätte ich vielleicht schon alles vergessen.
Aber du warst immer die Klügere von uns beiden, vielleicht kannst du ja Maddi helfen.
Meine besten Ideen hatte ich immer unter unserem Kirschbaum.
Dein Bruder Kasimir

Kapitel 26

Auch heute wachte ich mit dem Gefühl auf, etwas vergessen zu haben. Das ging jetzt schon seit ein paar Tagen so. Etwas nagte in meinem Gehirn, aber ich kam nicht darauf, was es war.

Es war still. Und dunkel. Das Efeu bedeckte fast mein ganzes Fenster, und das Tageslicht fand kaum einen Weg in mein Zimmer. Das einzige Geräusch, das ab und zu durch das Haus schallte, war das Niesen und Schniefen von Susi. Sie lag nun schon seit Tagen krank im Bett, neben Papa, der sich anscheinend angesteckt hatte. Jedenfalls schlief er ständig. Dodo war die Einzige, der ich ab und zu über den Weg lief. Aber da Dodo eben Dodo war, versuchte ich das zu vermeiden, wenn es ging. Wieso musste Papa auch ausgerechnet Susi heiraten und mir diese miesepetrige, doofe Kuh als Stiefschwester aufhalsen?

Mit einem Blick auf die Uhr sprang ich auf. Wenn ich mich beeilte, dann würde ich sie verpassen und musste sie nicht schon auf dem Schulweg ertragen. Ich schnappte mir die Jeans, die zusammengeknüllt halb unter meinem Bett lag. Sie brauchte eigentlich dringend mal eine Wäsche, und die Taschen waren vollgestopft mit Papier und Kram, aber egal. Noch ein T-Shirt, Regenjacke, Schultasche und ein bisschen Obst und Zwieback – was anderes gab es im Haus nicht mehr.

Dann los.

Gerade als ich die Haustür zuzog, hörte ich Dodos Schritte auf der Treppe. Die schaffte es sogar, schlecht gelaunt zu laufen! Unglaublich.

Schnell weg.

Ich setzte die Kapuze gegen den Dauerregen, der seit Tagen herrschte, auf, winkte Molli und Dolly zu, die Schutz unter den Palmenblättern gesucht hatten, und radelte los. Glücklicherweise führte fast der gesamte Schulweg durch einen Wald, so war ich auch auf dem Fahrrad vor dem Regen geschützt. Ein paarmal drehte ich mich noch um. Was konnte ich bloß vergessen haben? Aber ich kam einfach nicht darauf, was das sein konnte.

Als ich an der Schule vorfuhr und mein Rad abschloss, störte der Regen mich von einem Moment auf den nächsten schon gar nicht mehr: Luki, mein Sonnenschein, bremste nämlich neben mir ab. Leider ignorierte mein Sonnenschein mich.

Erst als ich »Guten Morgen!« flötete, guckte er mich an.

»Moin«, brummte er und warf einen Blick über die Schulter. »So ein Mist, da kommt sie schon!« Und mit diesen Worten verschwand er zügig im Schulgebäude, das wir bei Regen zum Glück schon vor dem Klingeln betreten konnten.

Mit *sie* meinte Luka Lizzi, seine verhasste Zwillingsschwester. Von wegen Zwillinge seien ein Herz und eine Seele, die beiden zumindest waren eher wie Wasser und Öl. Oder wie Zucker und Pfeffer. Zusammen ungenießbar. Schnell rannte ich Luka hinterher.

Die Eingangshalle war bereits voll mit Schülern, die im Halbkreis um unseren Hausmeister und Herrn Froschmaier standen. Wie fast jeden Morgen schmetterte der Fritze ein Lied, der Besen sein Mikrofon, und der Froschmaier tanzte. Die Schüler klatschten im Takt. Ich drängelte mich zu Luka und bückte mich, um meine Jacke im Rucksack zu verstauen.

»He, Ella«, tönte mein Klassenkamerad Harm hinter mir und lachte. »Du hast ja ’ne halbe Schreibwarenhandlung in deiner Jeans.«

Ich drehte mich um, griff automatisch an meinen Hintern und zog mehrere Zettel und ein kleines verknicktes Vokabelheft aus meiner Hosentasche hervor. Ein Stück Papier segelte auf den Boden. Harm hob es auf. Er wollte es mir gerade zurückgeben, als er sah, was darauf stand. Er fing an zu grinsen. Und weil Herr Fritze gerade eine Gesangspause einlegte, las er laut in die darauffolgende Stille hinein:

Lieber Luki, willst du mit mir gehen?

Ich finde, du bist der süßeste Junge auf der ganzen Welt.

Deine Ella.

Harm prustete los und mit ihm alle anderen auch.

»Ooooohhhh, süßer Luukiiiii«, flötete irgendwer, und der Fritze schmetterte los: *»Oooh, die Liiieebe ist soooo schööööön …«*

Mir wurde ganz warm, ich kicherte und grinste Luka glücklich an.

»Süüüß?«, keifte da jemand in einem so schrillen Tonfall, dass Herr Fritze sich vor Schreck mitten im Lied verschluckte und einen Hustenanfall bekam.

Es war Lizzi. »Luka und süß?«, wiederholte sie. »Der ist doch wirklich das allerl…«

Glücklicherweise wurde Lizzi nun ihrerseits übertönt, und zwar von der Schulglocke.

Ich wollte auch gar nicht wissen, was sie hatte sagen wollen. Ich glaube, sie fand ihren Bruder so doof wie ich ihn toll. Also stopfte ich das kleine Heft und die Zettel in meinen Schulrucksack, schulterte ihn und schob mich durch die Menge Richtung Luka. Der aber bemerkte mich überhaupt nicht und begann schon wieder mit Lizzi zu streiten.

Ich spürte einen Stich im Herzen. Und der wurde noch schmerzhafter, als mich jemand von hinten anrempelte: Dodo kam in die Schule geschlurft, und ich seufzte.

Ihre schlechte Laune war unerträglich.

Und nervig.

Und ich befürchtete, dass sie auch ansteckend war.

Im Klassenzimmer stritten die Zwillinge weiter, so lange, bis Mia und Harm dazwischengingen und die beiden trennten.

Dodo ließ sich natürlich ausgerechnet neben mir nieder.

»Ich hasse Schule!«, stöhnte sie und lehnte sich mit einem Ächzen zurück.

Ich ignorierte sie und versuchte Lukas Aufmerksamkeit zu bekommen. Aber der ignorierte wiederum mich.

Und schon im nächsten Moment kam Herr Froschmaier herein. Er war ganz rot angelaufen, bestimmt vor lauter Tanzgymnastik am frühen Morgen. Er setzte sich auf das Lehrerpult und begann irgendwas zu erzählen. Ich glaube, wir hatten Mathe.

Dodo neben mir seufzte. »Ich hasse Mathe«, flüsterte sie mir zu.

Als wenn ich das nicht wusste: Dodo hasste schließlich alles.

»Bitte schlagt doch mal die Seite 27 in euren Mathebüchern auf«, flötete Herr Froschmaier. »Dann rechnen wir schnell ein, zwei Aufgäbchen und können danach vielleicht ein Spielchen spielen? Das wird ein Spaß.«

Ich drehte mich zu Luka um, aber der guckte noch immer nicht zu mir. Ob ich ihm noch einen Brief schreiben sollte? Ich zog dafür einen Schreibblock aus meinem

Rucksack hervor, als das verknickte kleine Vokabelheft herausfiel.

Dodo murmelte: »Ich hasse Vokabeln!«

Und ich wollte das Heft auch schon wieder wegstecken, als mein Blick auf das Namensfeld fiel. Klar, da stand mein Name drauf. Aber es stand auch noch was anderes drauf: *Ellas Tagebuch* nämlich.

Überrascht zog ich die Augenbrauen zusammen. Ich hatte in meinem Leben noch nie ein Tagebuch geführt. Das erschien mir zu anstrengend. Aber da stand eindeutig das Wort *Tagebuch*. Und es war eindeutig meine Handschrift.

Ich blätterte auf und begann zu lesen.

Kapitel 27

In der Pause standen wir auf dem Schulhof, der sich rings um den riesigen Misthaufen erstreckte. Nachdenklich musterte ich Dodo. Seitdem ich während der letzten Schulstunden mein Tagebuch gelesen hatte, knisterte es förmlich in meinem Gehirn. Es fühlte sich an, als hätte mir jemand ein Päckchen Brausepulver in den Kopf geschüttet. Plötzlich waren da Tausende Gedanken, die ich denken wollte, aber irgendwie nicht konnte.

»Was glotzt du denn so?«, murrte Dodo. »Hab ich was im Gesicht?«

»Ella! Dodo!« Lizzi kam angerannt und winkte mit einem Blatt Papier. »Das habe ich in meiner Federmappe gefunden. Ein Brief an euch.«

»An uns?«, fragte ich.

Lizzi nickte, ihre Stirn in Hunderte Falten gezogen. »Den habe ich geschrieben, aber irgendwie kann ich mich gar nicht erinnern …«

»Dann wirst du ihn ja wohl kaum geschrieben haben!«

Luka kam um die Ecke.

»Doch, es ist meine Schrift und … und ich lege alle wichtigen Notizen in mein Mäppchen.« Lizzi kratzte sich an der Stirn, so als wollte sie die Erinnerung an den Brief dort herauskitzeln.

Ich wusste ganz genau, wie es ihr ging. »Lies vor«, sagte ich also.

»Okay«, sagte Lizzi leise und begann zu lesen: *»Liebe Ella, liebe Dodo, ihr dürft nie vergessen: Ihr seid die besten Freundinnen, Ella cool und clever, Dodo schlau und fröhlich. Es tut mir leid, dass wir euch nicht sofort von der Zukunftsluke erzählt haben.«*

»Wie seltsam«, meinte Dodo.

»Total bescheuert«, fand Luka. »Aber Lizzi spinnt ja sowieso …«

»Luka!«, rief ich. »Ich finde dich toll. Aber ich glaube, Lizzi spinnt ganz und gar nicht.«

»Pfff«, schnaufte Dodo. »Wir zwei Freunde? Das glaube ich nie und nimmer.«

»Ich habe auch etwas gefunden«, sagte ich, ohne auf Dodos Worte einzugehen. »Ein Tagebuch von mir. Und ihr werdet es nicht glauben, wenn ich euch erzähle, was da drinsteht.«

Und dann erzählte ich.

Außer Lizzi allerdings guckten die anderen mich die ganze Zeit so an, als hätte ich fünf Nasen und Mammutohren. Auch noch, nachdem ich fertig war.

»Dodo, du hast doch dieses Geheimfach in deinem Zimmer, oder?«

Dodo nickte. »Aber …«

»Lasst uns doch nachschauen, ob es unser Notizbuch wirklich gibt. Und dann sehen wir weiter.« Ich guckte die drei an. »Ich habe die ganze Zeit das Gefühl, irgendwas vergessen zu haben. Ihr denn nicht?«

Dodo machte sofort den Mund auf. Doch dann machte sie ihn gleich wieder zu. Auch Luka sah nachdenklich aus. Wie kann man nur so süß aussehen, wenn man nachdenkt? Ich lächelte ihn selig an. Als Luka das sah, runzelte er die Stirn nur noch mehr, nickte aber schließlich auch. »Nachgucken kann ja nicht schaden.«

»Am besten sofort«, sagte ich.

»Aber wir haben gleich Bio …«, wandte Lizzi ein.

»Ich hasse Bio«, kam es von Dodo.

»Lasst uns gehen«, forderte ich alle noch einmal auf. »Wenn es stimmt, was ich da geschrieben habe, dann ist sowieso nichts so, wie es sein sollte.«

»Ich bin dabei«, sagte Dodo und lief bereits zur Bananenplantage hinter der Schule, wo wir unentdeckt vom Schulgelände verschwinden konnten. Ich war mir sicher, Dodo war hauptsächlich nur froh, die verhasste Schule verlassen zu können, und glaubte mir kein Wort.

Aber egal.

Ich glaubte mir. Das war meine Schrift.

Lizzi glaubte mir.

Und Luka?

»Mit der«, er zeigte auf Lizzi, »gehe ich nirgendwohin.«

»Dann bleib doch hier!«, motzte Lizzi und folgte Dodo.

»Luki«, säuselte ich. »Komm doch mit, bitte?!«

Aber Luka rührte sich nicht. Ganz kurz zögerte ich. Ich wollte bei Luka bleiben, aber ich hatte auch mein Tagebuch gelesen und wusste, dass wir alles daransetzen mussten, um die verrutschte und verrückte Zeit wieder zurechtzubiegen. Ich musste mir doch selbst vertrauen, oder etwa nicht?

Ich holte tief Luft, schaute Luka noch einmal flehentlich an – also, es sollte flehentlich sein, sah aber bestimmt nur leicht dämlich aus – und lief zu den Bananenpalmen.

Leider schwang der Hausmeister gerade seinen Besen vor der Schule, und wir konnten unsere Fahrräder nicht unbemerkt holen. Also blieb uns nichts anderes übrig, als zu Fuß nach Hause zu gehen.

Der Regen hatte nachgelassen, und im Wald duftete es nach nasser Erde. Und obwohl wir bestimmt eine halbe Stunde unterwegs waren, sagte keiner von uns ein Wort. Alle hingen ihren Gedanken nach.

Im Haus war es still. Papa schlief, und Susi schien unterwegs zu sein, ihr Auto stand jedenfalls nicht auf dem Hof. Vielleicht und hoffentlich war sie einkaufen gefahren.

Wir machten uns, genauso schweigend wie schon die ganze Zeit, auf in Dodos Zimmer und hoben die kaputte Bodendiele hoch.

Staunend hob ich ein kleines, vollgeschriebenes Notizbuch, Fotos und Briefe daraus hervor.

Wir begannen zu lesen.

Irgendwann kam Luka ins Zimmer. »Ich habe es auch«, flüsterte er.

»Was hast du?«, fuhr ihn Lizzi auch sofort an. »Einen Knall? Einen Vogel? Ein …«

»Nein!«, rief er und klang ganz verzweifelt. »Ich habe auch dauernd das Gefühl, dass ich irgendwas vergessen habe!«

Lizzi biss sich auf die Lippen und nickte.

Dann setzte sich Luka zu uns auf den Boden, leider ziemlich weit weg von mir, griff nach einem der Papiere, die in unserer Mitte lagen, und konzentrierte sich auf die Buchstaben darauf.

Glücklicherweise war Susi tatsächlich einkaufen, hatte allerdings neben einer Monatsration Taschentücher nur Erbsensuppe mitgebracht. Aber immerhin. Zum Glück kam es ihr bei ihrem Dauergeniese gar nicht in den Sinn, uns zu fragen, warum wir schon zu Hause waren.

Als wir uns das Essen aufwärmten und der Duft von Erbsensuppe durch die Küche wehte, prickelte es wie kleine Nadelspitzen in mein Gehirn. Ob das nur daran lag, dass ich Erbsensuppe nicht mochte?

Noch immer sprach niemand, es war, als wären wir alle zu tief in unsere Gedanken versunken. Na ja, und außerdem war es so gut wie unmöglich, auch nur ein Wort von dem zu glauben, was wir da gelesen hatten. Das war mindestens so schwer zu verdauen wie Erbsen!

Plötzlich ließ Dodo ihren Löffel in den Suppenteller plumpsen, dass es nur so spritzte.

»Ich hab's!«, rief sie, sprang auf, rannte nach oben und kam dann wieder runter.

»Was hast du?«, fragte ich.

»Auf der vorletzten Seite hast du in das Notizbuch geschrieben, Lizzi«, sagte Dodo und hielt uns das Foto mit dem Kirschbaum vor die Nase, »dass du so ein ähnliches Foto bei Frau Sonne im Gasthof gesehen hast. Mit dem Kamitzki und Frau Sonne drauf, wie sie den Baum pflanzen.«

Lizzi hob die Schultern und nickte. Klar, sie erinnerte sich nicht, aber hatte schließlich gerade das Gleiche gelesen wie wir alle.

»Und der Kamitzki hatte dort eine Kiste in der Hand«, sagte Dodo.

»Und?«, fragte ich.

»Und ich glaube, dass der Kamitzki da was unter dem Kirschbaum vergraben hat. Schließlich stand dort doch auch die Rutsche.«

»Du meinst …?«

»Ich meine gar nichts«, Dodo klang wieder grummelig. »Aber gucken können wir ja mal, oder nicht?«

Kapitel 28

Bevor wir losrannten, griff ich noch mal in die Küchenschublade und holte vier Gummibänder heraus und verteilte sie. Laut Tagebuch hatten die schließlich geholfen, dass wir uns konzentrierten.

Im kleinen Garten kamen sofort der Hahn und seine Hühnerschar angetrippelt. Und auch Molli und Dolly schauten neugierig zu, wie wir zuerst etwas ratlos um die Kokosnusspalme herumstanden und dann noch mal wegliefen, um Spaten und Schaufeln aus der Scheune zu holen.

»Der Kirschbaum ist aber weg«, murmelte Lizzi. »Was ist, wenn die Kiste auch …«

»Sei still und fang endlich an zu buddeln!«, fuhr Luka sie an.

Ich griff rüber und zog an seinem Gummiband.

Luka fluchte leise und sagte dann: »Wir müssen es wenigstens versuchen.« Er wollte wohl freundlicher klingen, sprach aber nun eher ein bisschen wie ein Roboter.

Die Erde war durch den Regen immer noch feucht und

ließ sich daher ganz gut umgraben. Wir gruben und gruben und gruben und –

Zack –

stieß ich mit meinem Spaten gegen was Hartes.

»Ich habe sie!«, kreischte ich. »Ich kann es nicht glauben! Dodo hatte recht!«

»Was kannst du nicht glauben?«, knurrte Dodo sofort. »Dass wir die Kiste gefunden haben oder dass ich recht hatte?«

Ich antwortete lieber nicht darauf, sondern warf den Spaten beiseite, kniete mich hin und grub die restliche Erde mit den Händen weg.

Endlich hielt ich die Kiste hoch. Sie war rechteckig und nicht besonders groß, aus Blech, und ich glaube, sie war einmal eine Keksdose.

»Mach schon auf«, drängelte Lizzi.

Ich rieb meine schmutzigen Hände so gut es ging an meiner Hose sauber und ruckelte den Deckel ab. Das Blech war verbogen, und deswegen war das gar nicht so einfach.

Endlich hob ich den Deckel ab.

Alle beugten sich über die Dose, und ich hob das kleine, dünne Heft, das darin war, heraus. Darunter lag eine Feder.

»Das haben wir also seit Wochen gesucht«, flüsterte ich.

»Das zweite Notizbuch«, flüsterte Lizzi.

»Lies vor«, flüsterte Luka.

Nur Dodo sagte nichts. Sie rollte mit den Augen.

»Okay«, sagte ich und klappte das Heft auf.

Auf der ersten Seite stand wieder der Spruch, den wir vorhin bereits auf dem Foto gelesen hatten:

Die Zukunft und die Vergangenheit sind eins.

Darunter war eine Waage gezeichnet. Und auf den Waagschalen lagen Federn. »Was soll das …?«

Dodo riss mir das Notizbuch aus den Händen und begann darin herumzublättern und zu lesen.

»He …«, beschwerte ich mich.

Aber Lizzi unterbrach mich: »Lass sie, Ella«, sagte sie. »Angeblich ist sie die Schlauste von uns.«

Jetzt war ich es, die die Augen verdrehte, aber ich wartete.

Und das ganz schön lange.

Eine ganze Weile blätterte Dodo hin und her. Dann griff sie nach der Feder, die noch in der Kiste lag, und sagte schließlich: »Ich habe eine Theorie.«

»Was hat er denn jetzt geschrieben?«, wollte ich wissen. »Der Kamitzki!«

»Nicht mehr, als wir nicht schon wissen.«

»Wie bitte?« Ich riss ihr das Heft aus der Hand. »Wir brauchen doch Antworten.« Hektisch las ich, was der Kamitzki in seiner Sauklaue geschrieben hatte. Es war tatsächlich nicht viel. Eigentlich stand da nur das, was wir schon aus dem Phönixbuch wussten: dass Phönixe durch die Zeit sprangen. Was aber neu war, war die Information, dass die meisten Vögel der Welt diese Fähigkeit ein Stückweit auch besaßen und die Kraft dafür in ihren Federn lag.

»Und hier steht noch«, rief ich, »*Die Zukunft und die Vergangenheit sind gleich, denn nur im Gleichgewicht ist die Gegenwart unversehrt.*«

Dodo nickte und zeigte auf die Skizze der Waage. »Und wenn das Gleichgewicht nicht stimmt, dann …«

»Dann stimmt die Gegenwart nicht mehr.« Ich flüsterte schon wieder.

Die Zwillinge waren die ganze Zeit ungewöhnlich still, aber ich glaube, das lag daran, dass sie versuchten nicht zu streiten. Sie schauten sich nicht einmal an. Das war vielleicht auch besser so.

Dodo hatte sich hingesetzt und starrte ins Leere. Als sie nach einer gefühlten Ewigkeit immer noch nicht weitersprach, schubste ich sie an. »He, und nun?«

»Und nun was?«, murrte sie, schüttelte sich im nächsten Moment und stand wieder auf. »Ach so, ja. Die Zeitsache.«

Ich seufzte, aber Dodo sprach bereits weiter: »Ich glaube, wir haben mit den Federn alles durcheinandergebracht«, sagte sie langsam.

»Weil vom Hahn eine Feder fehlte?«, fragte ich und versuchte mich an alle unsere Notizen zu erinnern.

»Und weil Federn in die Zukunftsluke geflogen sind?«, fragte Lizzi leise.

Dodo nickte. Grüblerisch betrachtete sie die Feder aus der Keksdose.

»Und wie stellen wir das Gleichgewicht wieder her?«, fragte jetzt Luka.

»Keine Ahnung«, meinte Dodo.

»Wie, keine Ahnung?« Ich starrte meine Stiefschwester an. »Ich dachte, du hättest eine Theorie!«

»Das war meine Theorie.« Dodo guckte zum Haus. »Ich habe keine Lust mehr ...«

»Nein!« Ich schrie fast. »Du bleibst hier.« Ich griff nach ihrer Hand. »Ich würde auch lieber mit Luka spazieren gehen.«

»Und ich würde gerne aus Lukas Gesellschaft verschwinden«, zischte Lizzi.

»Und ich ...«, brüllte Luka los, aber Dodo hob die Hände.

»Gut, ich habe verstanden«, stöhnte sie. »Dann sägen wir jetzt die Rutsche auf und gucken uns diese Fabelfedern an.«

»Gute Idee«, fand Luka.

Ich hob die Achseln, aber eine bessere Idee hatte ich nicht. Genau genommen hatte ich gar keine Idee.

Also gingen wir in die Scheune und suchten eine Säge. Wir fanden mehrere, und sofort begannen die Zwillinge, sich zu streiten. »Das ist aber eine Holzsäge«, brummte Luka und riss Lizzi eine große Säge aus der Hand.

»Woher willst du das denn wissen?«, schrie Lizzi, verstummte aber im nächsten Moment, als Luka eine kleinere Säge hochhielt.

»Und das ist eine Metallsäge.«

»Hier ist noch eine«, rief ich.

Und mit zwei Sägen bewaffnet, gingen wir zur Rutsche.

Sie lag hinter der Scheune auf der Seite, und wir fanden die im Notizbuch beschriebenen Lötstellen sofort. Immer zwei sägten und zwei hielten die Rutsche fest. Zum Glück waren die Lötstellen recht groß, denn ich glaube nicht, dass wir das Eisen der Rutschenbeine wirklich durchgesägt bekommen hätten. Aber so klappte es endlich. Ich pfriemelte aus den kleinen Öffnungen jeweils eine winzige Feder hervor, kaum länger als mein halber Zeigefinger.

»Oh«, hauchte ich, als ich eine der Federn in der Hand hielt. Sie sah aus, als wäre sie aus purem Gold, und strahlte, wie nichts auf der Welt strahlte. Ehrfürchtig legte ich sie zurück in die Keksdose.

»Und jetzt?«, fragte ich. Irgendwie hatte ich gedacht, dass jetzt etwas passieren würde. Aber alles war wie vorher.

»Und jetzt versuchen wir die Federn von der Leiter in der Luke zu entfernen«, bestimmte Dodo.

»Aber wie soll das gehen?«, fragte ich. »In meinem Tagebuch steht, dass man die Leiter gar nicht einfach runterklettern kann, sondern sofort in die Zukunft springt.«

»Dann müssen wir die Leiter eben rausholen«, meinte Dodo. »Ohne Schwung und Bewegung sollte ein Zeitsprung ja nicht möglich sein.«

Ich hob die Schultern. Ich hatte einfach keine Ahnung. Eigentlich hatte ich hauptsächlich Hunger und träumte von einem Picknick unter Palmen mit Luka. Aber trotzdem trottete ich mit in die Scheune und hockte mich vor die Luke, die Lizzi mit einem leichten Ächzen öffnete.

Und weil wir entdeckten, dass die Leiter mit Schrauben an die Holzumrandung der Luke befestigt war, suchten wir erst einmal Schraubenzieher. Und dann schraubten wir. Das ging viel leichter und vor allem viel schneller als das Sägen, und schon nach ein paar Minuten konnten wir die Leiter hochziehen. Ganz unten entdeckten wir zwei kleine Klappen in den Holzbeinen, die wir ganz einfach mit den Schraubenziehern aushebeln konnten.

»Noch mal zwei Phönixfedern«, hauchte Lizzi, als wir die goldenen Federn aus den Öffnungen holten.

Wir legten sie zu den beiden anderen in die Dose.

Und guckten uns an.

Wir guckten uns um.

Wir gingen hinaus.

Alles war wie gehabt. Die Palme wedelte im Wind. Die Scheune und die Einfahrt waren zugewuchert. Kein Wollschwein weit und breit.

»Und nun?«, fragte ich.

»Ich weiß es auch n…«

Weiter kam Dodo nicht.

Vor unseren Augen, so schnell, dass ich kaum glauben konnte, was ich da sah, gingen alle vier Federn in Flammen auf. Die Flammen waren klein, aber grell. So grell, dass wir alle kurz die Augen schließen mussten.

Als wir sie wieder öffneten, war von den Federn nichts weiter übrig als vier winzige Häufchen Asche, die nebeneinander in der Keksdose lagen.

Kapitel 29

»W-was?« Ich stammelte, verstummte und guckte mich um.

Die Sonne schien und sah mindestens so freundlich aus wie meine Freundin Dodo, die sofort nach meiner Hand griff und mich dann in eine sehr feste Umarmung zog.

Die Zwillinge blinzelten und guckten erst sich, dann uns an. »Oh«, machte Lizzi. »Was … wir …?« Dann fielen auch sie sich in die Arme.

»Haben wir es geschafft?«, fragte ich, während Dodo mich immer noch drückte. »Ich fühl mich irgendwie …«

»Erschöpft?«, fragte Lizzi? »Ich mich auch.«

»Was ist hier gerade passiert?« Luka starrte auf den Schraubenzieher in seiner Hand.

»HALLOOOOOO?«

Dodo und ich fuhren auseinander. »Wer ist denn …«

»IST DA JEMAND?«

»Das kommt aus der Scheune«, sagte Luka. Er hielt den Schraubenzieher nun wie eine Waffe vor sich und schlich langsam zur Scheunentür.

»Warte!«, rief Lizzi. Sie holte auf. Dann hielt sie ihren Zeigefinger an die Lippen, nickte ihrem Bruder zu und öffnete langsam die Scheunentür.

Staunend betrachtete ich die riesige Tür, an der kein einziges Blatt wuchs. Dafür quietschte sie ziemlich laut, woraufhin die tiefe Stimme erneut brüllte: »HALLO! Holt mich hier raus!«

»Das kommt von dahinten«, wisperte Lizzi. »Aus der …«

»Luke«, vervollständigte Luka den Satz.

Er blickte sich um und mir wurde ganz warm, bestimmt wurde ich so rot wie Tomatenmark. Hatte ich mich wirklich so peinlich benommen in den letzten Tagen? Zum Glück guckte er wieder nach vorne und bedeutete uns nur mit der Hand, ihm zu folgen. So leise wir konnten, schlichen wir in die Scheune. Ein paar Schritte später standen wir bei der Luke.

»Hallo?«, ertönte es wieder aus der Dunkelheit. »Wer ist da?«

Ich räusperte mich und fragte zurück: »Äh, und wer ist da drin?«

»Ich heiße Kasimir Kamitzki und …«

»Waaas?«, entfuhr es Lizzi. Sie wurde schlagartig so weiß wie Tafelkreide, und auch ich spürte, wie mir die Tomatenmarkfarbe wieder aus dem Gesicht wich.

»Kamitzki?«, wiederholte ich.

»Ja!«, kam es aus der unterirdischen Kammer. »Wo ist denn die Leiter hin?«

Ratlos guckten wir uns an. »Wie kommen Sie denn da … äh, woher kommen Sie denn?«

»Jetzt holt doch mal eine Leiter, hier drin ist es zappenduster, und ich kann kaum was sehen«, wich er der Frage aus. Na ja, kein Wunder.

Wir warfen uns ein paar Blicke zu, dann nickten wir – wir konnten ihn ja auch kaum dort im Boden lassen – und ließen die Leiter hinab.

»Könnten Sie bitte mein Handy mitbringen?«, rief Luka noch schnell. »Das ist mir runtergefallen.«

Wir hörten ein Grummeln und Fluchen, dann kletterte er die Leiter herauf und stand vor uns. Er guckte von einem zum anderen und überreichte Luka das Smartphone.

Das war also der berühmte Kamitzki. Nach allem, was Lizzi von ihm erzählt hatte, hatte ich eigentlich einen Furcht einflößenden, Zähne fletschenden und mit den Augen blitzenden Hexer erwartet. Aber vor uns stand nur ein etwas älterer, grauhaariger und ziemlich kleiner Mann mit abstehenden Ohren und einem müden, traurigen Blick.

»Euch kenne ich doch«, sagte er schließlich. »Ihr seid die Lombardi-Zwillinge. Aber wer ihr seid …?« Er guckte von Dodo zu mir.

»Unsere Eltern haben den Hof gekauft«, sagte ich.

»Verstehe …« Herr Kamitzki rieb sich mit der Hand über die Augen. Im nächsten Moment fuhr er zusammen. Von draußen ertönte ein Hupen.

Kurz darauf hörten wir Stimmen.

Und danach ein lautes Schnattern.

»Gänse?«, rief ich und rannte so schnell es ging nach draußen.

Niemals werde ich, seitdem die drei Gänse mich zum ersten Mal die Zeitrutsche hinaufgejagt hatten, vergessen, wie Gänsegeschnatter klingt!

Ich riss die Scheunentür auf, stürmte hinaus und krachte fast gegen den Traktor von Bauer Kuhn, unserem Nachbarn. Der große Mann stand vor unserem kleinen Garten und winkte mir zu. »Ella!«, rief er. »Ich habe gerade diese drei Gänse auf meiner Kuhweide aufgegabelt. Sie gehören bestimmt euch, oder?«

»Gänse!«, flötete da Susi, die aus ihrer Praxis gestürmt kam, dicht gefolgt von Papa, der erstaunlich wach aussah.

»Ähm«, versuchte ich etwas zu sagen, aber da kamen Dodo, die Zwillinge und der Kamitzki aus der Scheune, als zur gleichen Zeit ein kleines grünes Auto die Auffahrt entlangpolterte und hinter dem Traktor hielt.

Herr Froschmaier hievte sich schwerfällig aus der Fahrertür und wedelte uns mit ein paar Heften entgegen. »Geht es euch gut?«, quakte er sofort. »Ihr seid einfach aus dem Unterricht verschwunden. Da wollte ich mich erkundigen, ob alles in Ordnung ist, und euch die Hausaufgaben bringen.«

»Hausaufgaben?«, hauchte ich überrascht.

»Lizzi! Luka!« Herr und Frau Lombardi, rosa angelaufen und aus der Puste, tauchten hinter der Scheune auf und winkten aufgeregt. Sie mussten zu Fuß über die Felder gekommen sein. »Da seid ihr ja! Wir haben uns schon Sorgen gemacht! Die Schule hat angerufen!«

»Wir …«, wollte Lizzi gerade was erwidern, als Frau Sonne auf ihrem Motorroller auf den Hof knatterte und neben Herrn Froschmaiers Auto anhielt, abstieg und den Helm abnahm.

Schweigend sah sie sich um. Als sie Herrn Kamitzki neben uns stehen sah, zuckte sie zusammen.

Überhaupt schienen jetzt endlich auch die anderen den Mann wahrzunehmen, der schweigend neben uns stand. Für einen Moment sagte keiner was.

Es war, als hielten alle die Luft an.

»Wer sind Sie denn?«, fragte Susi schließlich.

Klar, sie und Papa waren die Einzigen, die keine Ahnung hatten, wer das war.

»Kasimir!« Frau Sonne, den Helm unter dem Arm geklemmt, trat auf uns zu, drehte ihren Kopf zu Herrn Kamitzki und kniff ihre Augen zusammen. »Kasimir Kamitzki, jetzt muss ich also wieder aufpassen, was ich sage.«

»Maddi, du kannst wieder sprechen!« Herr Kamitzki flüsterte und klang ganz heiser.

Deswegen hatte Herr Froschmaier ihn wohl auch nicht gehört. Jedenfalls tönte der sofort: »Man sollte immer auf seine Worte achten, liebe Frau Sonne.«

»Aber …«, mischte sich nun Bauer Kuhn ein. »Sind Sie nicht tot?«

Bevor Herr Kamitzki antworten konnte, fuhr noch ein Wagen auf den Hof. Katharina Kamitzki stieg aus. Sie schien fuchsteufelswild, jedenfalls hielt sie mir das Federkistchen vor die Nase und brüllte sofort drauflos: »Die Kiste ist leer, ihr habt …« Sie stoppte mitten im Satz, als sie ihren Bruder erblickte, und schnappte nach Luft. »Kasimir?«

»Ich bin wieder da«, murmelte er.

»Wo waren Sie denn?«, fragte Bauer Kuhn.

»Und wieso haben alle gesagt, Sie seien tot?«, fragte Herr Froschmaier.

»Ich …«, begann er.

»Das war ich«, unterbrach Frau Kamitzki ihren Bruder. »Ich dachte das … ähm, weil ich so lange nichts gehört hatte und wir einmal besprochen hatten, dass ich in diesem Jahr dann den Hof verkaufe und …« Sie sprach immer leiser und verstummte dann völlig. Wahrscheinlich fiel es ihr schwer zu lügen.

Aber die Anwesenden schienen ihre Worte zu akzeptieren und nickten, und Papa, ganz der Alte, rief: »Na, dann wollen wir doch einmal schauen, ob wir für alle etwas zur Stärkung finden. Oder noch besser: zum Feiern!«

»Na ja«, murmelte ich und fühlte mich ganz leicht. »Wenn alle Trockenobst und Zwieback mögen.«

Luka fing an zu lachen.

Kapitel 30

Nun, es brauchte schon weniger, um keinen Kuchen zu haben. Für Papa reichte anscheinend eine alte Zitrone, Mehl, Trockenobst und ein paar Eier (die übrigens von unseren Hühnern stammten), um innerhalb von einer Dreiviertelstunde einen Kuchen zu zaubern. Herr Froschmaier, immer hilfsbereit, ging ihm zur Hand, und Susi half auch mit.

Wir anderen blieben noch einen Augenblick draußen.

So langsam – sehr langsam – sickerte in mein Gehirn, was passiert war. Oder auch nicht. Ich verstand eigentlich nicht viel. Ich sah den Kirschbaum. Aber ich wusste, dass dort bis vor Kurzem eine Kokosnusspalme wuchs. Molli, Dolly, Ruben, der Hahn, die Hühner und die drei Gänse wuselten hinter dem Gartenzaun herum. Und mir fuhr ein kalter Schauer über den Rücken. Ich erinnerte mich nämlich. An alles. Ich schielte rüber zu Luka und war erleichtert, dass er nicht zu mir schaute.

Ob ich lieber sofort hier an Ort und Stelle in den Boden versinken sollte?

»Wo warst du?«, fragte Frau Kamitzki ihren Bruder.

»Ich war in der Zeit verloren«, kam die Antwort. Dabei schaute er ganz lange Frau Sonne an, und dann zu uns. Aber dann stockte er kurz. Wir aber nickten alle, und deswegen fuhr er fort: »Ich sehe, dass ihr wisst, wovon ich spreche?«

»Na ja, wissen wäre übertrieben«, sagte Dodo.

»Aber es ist alles wieder …« Er atmete tief durch und wandte sich dann direkt an Frau Sonne. »Du sprichst wieder. Wie ist das passiert?«

Frau Sonne blickte zu uns und lächelte. »Die Kinder haben anscheinend die Lösung gefunden und die Zeit komplett zurechtgerückt.«

»Aber …« Frau Kamitzki guckte mit ihrem gesunden Auge von ihrem Bruder hin zu Frau Sonne und zu uns. »Wovon redet ihr? Und wo sind die Federn?«

»Die Federn sind in Flammen aufgegangen«, sagte Lizzi.

»Goldene Stichflammen!«, ergänzte Luka.

»Und danach war einfach alles wie vorher!«, sagte Dodo.

»Aber wir erinnern uns«, wisperte ich.

»Das liegt daran, dass ihr wohl alle in der Zeit gereist seid«, sagte Herr Kamitzki.

»Was seid ihr?« Frau Kamitzki klang ein bisschen so, als wäre ihr schlecht. »Jetzt fang doch bitte nicht schon wieder mit deinem Unsinn an, Kasi, diese ganze Sache mit den Federn und der Zeit hat dich doch völlig verrückt werden lassen und …«

»Nachdem ich die Rutsche mit den Federn bestückt hatte, sind Maddi und ich gerutscht und …« Herr Kamitzki schüttelte den Kopf. »Das ist eine lange Geschichte, Kathi, aber ich glaube, die Kinder wissen, was passiert ist, oder?«

Wir nickten im Takt.

»Aber die Klappe im Boden …«, begann Dodo zu fragen, als Papa aus dem Haus kam, drei Picknickdecken unter dem Arm.

»Wir machen ein Picknick unter meinen, oder sagen wir, neben meinen noch sehr kleinen Apfel- und Birnenbäumen! Holt ihr Teller und Besteck und Gläser bitte?«, rief er uns zu.

Und es dauerte nicht lange, da saßen wir in Papas neuer Obstbaumplantage. Neben mir hockte Luka und verteilte Limonade.

Ich konnte ihn gar nicht angucken. Hatte ich nicht ständig von einem Picknick mit Luka geträumt? Und jetzt … Himmel, das war so peinlich. Ich …

Aber Luka stupste mich an und grinste: »Ella, wir waren alle nicht ganz wir selbst. Entspann dich. Ich mag dich auch.«

Ich verschluckte mich an der Limonade und bekam natürlich einen Hustenanfall, der mehrere Minuten dauerte. Zum Glück konnte ich meine nun mittlerweile dauerhaft ketchuprote Gesichtsfarbe auf den Husten schieben!

Dodo neben uns löcherte Herrn Kamitzki, hauptsächlich im Flüsterton. Aber Susi, Papa, Bauer Kuhn und Herr

Froschmaier saßen zum Glück ein Stückchen entfernt von uns und konnten bestimmt nichts verstehen.

Ich bekam nicht ganz so viel mit – wie gesagt, ich hustete wie blöd –, aber ich glaube, dass wir tatsächlich das meiste herausgefunden hatten. Und meine Bruchrechentheorie mit Vergangenheit und Zukunft war gar nicht so verkehrt!

»Die Phönixfedern ermöglichten den Zeitensprung«, erklärte uns der Kamitzki. »Und da alle Vögel aufgrund ihrer Federn die Fähigkeiten besitzen, in der Zeit zu reisen, sind diese Federn wie Schlüssel. Der Hahn zum Beispiel …«

»Aber warum immer nur eine halbe Stunde?«, wollte Dodo wissen.

»Das kommt auf die Federn an«, sagte er.

»Sie meinen, wenn Ella nicht den Hahn auf dem Kopf gehabt hätte, sondern einen Spatz, dann wäre es anders gekommen?«, hakte Lizzi nach.

»Ich habe alle Vögel aufgelistet und ihre Federn probiert und …«

Er verstummte, als wir alle nickten. Wie oft hatten wir seine seltsame Vogelliste angeguckt. Von der Federkommode ganz zu schweigen.

»Aber wieso sind wir auch nur 30 Minuten in die Zukunft gekommen, und alles wurde wieder schlimm?«, fragte Luka.

»Zum einen musste ich die Geschwindigkeit ausrechnen. Rutschen und Leiterklettern musste ich messen. In der Luke liegen die Federn eines Hahns. Somit ist ein Gleichgewicht zwischen dem Weg in die Zukunft und die Vergangenheit entstanden. Ich bin immer mit dem Hahn gerutscht, müsst ihr wissen. Wenn ihr aber andere Federn benutzt habt, dann …« Er spreizte die Finger.

Was dieses *dann* bedeutete, wussten wir leider nur zu gut.

»Die Federn, die in die Luke geschwebt sind«, wisperte Lizzi.

»Die Feder, die der Hahn damals verloren hatte«, wisperte ich.

»Und wie konntest du in der Zeit verloren gehen?«, wollte Maddi wissen. Da sie auch einmal gerutscht war, erinnerte sie sich ebenfalls an vieles. Zumindest an die Veränderungen von damals. Ihre Stimme klang rau und so unbenutzt, wie sie es war.

»Ich habe alles versucht, eine Lösung zu finden!« Herr Kamitzki klang ganz verzweifelt. »Ich hatte diesen Hut …« Er schluckte. »Und hängte immer verschiedene Federkombinationen dran. Und plötzlich raste ich durch die Zeit. Mal hierhin, mal dorthin. Aber nie wieder zurück in meine Zeit. Ich habe dir mal einen Brief geschrieben, Kathi, aus der Vergangenheit. Ich hatte gehofft, du könntest das Rätsel lösen, wenn du die Kiste unter dem Kirschbaum findest. Ich …«, er schaute seine Schwester an, die blass und stumm dasaß. »Dabei musste man die Phönixfedern nur …«, wieder hörte er mitten im Satz auf. »Wer hätte das gedacht.«

»Aber«, begann Dodo, »wie konnten Sie die Federn denn aus der Kiste in die Rutsche und Leiter einbauen, wenn die Gefahr bestand, dass sie außerhalb ihres Kästchens verbrennen würden?«

»Ich wusste, dass die Federn in der Dunkelheit sicher sind«, antwortete er. »Die alte Frau, die mir die Federn in Afrika verkaufte, sagte es mir. Ich war schnell und vorsichtig.«

Eine Weile schwiegen alle.

Von der Picknickdecke nebenan erklang Gelächter zu uns herüber. Papa erzählte lauthals von den Ställen, die er für die Tiere bauen wollte. Sofort boten Bauer Kuhn und Herr Froschmaier ihre Hilfe an, und es dauerte nicht lange, da zeichneten sie Pläne, maßen das Gelände ab, und Susi lachte glücklich dazu.

Luka und Lizzi grinsten sich an. Es war nichts von einer Feindschaft zwischen ihnen zu spüren. Und Dodo? Sie zwinkerte mir zu, als sie begann, Herrn Kamitzki darüber auszufragen, wie er das genau mit der Beschleunigung und der Geschwindigkeit berechnet hatte, und ich lehnte mich zurück. Mathe war schließlich eher Dodos Gebiet. Gerade griff ich nach einem weiteren Stück Kuchen, der erstaunlich lecker war, als mir schon der erste Bissen im Hals stecken blieb.

»Aber wenn Sie jetzt wieder da sind«, sagte ich, nachdem ich den Kuchen endlich heruntergeschluckt bekommen hatte. »Wollen Sie denn Ihren Hof zurückhaben?«

Mein Herz begann zu klopfen. Noch vor ein paar Wochen hätte ich alles getan (äh … ich hatte alles getan!), um wieder zurück nach München zu kommen.

Aber jetzt – ich guckte zu Luka, der mir zuzwinkerte, Lizzi, die mich angrinste, und Dodo, die meine Hand ergriff –, jetzt, da wollte ich plötzlich nichts anderes als hierbleiben.

Auf diesem Hof.

In Kleinkotzingen.

Und als Herr Kamitzki endlich antwortete, da machte mein Herz einen kleinen Salto: »Aber nein, ich wollte doch wirklich, dass Kathi hier alles verkauft. Ich dachte, vielleicht könnte ich jetzt …« Er schwieg plötzlich und schielte rüber zu Frau Sonne.

»Ich habe ein Gästezimmer«, sagte sie heiser. »Das könntest du haben, bis du weißt, wie es weitergeht.«

Herr Kamitzki begann zu strahlen. Er sah glücklich aus und überhaupt nicht gruselig.

Er sah aus, wie ich mich fühlte.

Ich grinste alle an.

Einen Moment später fror mir das Grinsen kurz ein. Ein Transporter kam auf den Hof gefahren. Es war niemand anderer als Herr Fritze, der Hausmeister der Schule. Ohne ein Wort öffnete er den Wagen, hob Dodos, Lizzis und mein Fahrrad heraus, zischte was von: »Fahrräder dürfen außerhalb der Unterrichtszeit nicht auf dem Schulgelände bleiben.« Und stierte uns mit den Totenkopfaugen auf seinen Oberarmen um die Wette an.

Schon im nächsten Moment stieg er wieder ein und brauste davon.

»Ich mag Totenköpfe«, sagte ich.

»Ich jetzt auch«, flüsterte Lizzi.

Luka, Lizzi, Dodo und ich fingen an zu lachen.

Miriam Mann wuchs in Norddeutschland und Südafrika auf. Nach dem Studium der Linguistik in Berlin und Sydney arbeitete sie viele Jahre als Übersetzerin. Heute ist sie Kinderbuchautorin. Sie lebt mit ihrer Familie in der Nähe von Berlin.